Melina

Conversaciones con el ser que serás

Priscilla Gac-Artigas

 **E**diciones **N**uevo **E**spacio

Publicado por:
Ediciones Nuevo Espacio
New Jersey 07704, USA
url: http://www.editorial-ene.com
e-mail: ednuevoespacio@aol.com

ISBN: 1-930879-14-8

Hace mucho, mucho tiempo,
tiempo de amor, surgiendo de entre
sueños y la felicidad,
nació mi hija,
hermosa niña
miel de piel y de canción.

Hace mucho, mucho tiempo
era el tiempo
de soñar y soñé.

Hoy es el tiempo de soñar para mi
hija
y soñará.

Para Gustavo

Para Melina y Alejandro

Mi adorada Melina:

Hoy, y desde miles de amaneceres, bajo diversos cielos, puedo jugar con tu nombre en voz alta, ¡Melina! Hoy, cuando el secreto compartido, la sonrisa cómplice o el llanto que apacible devuelve a tu corazoncito su sonrisa y su brío invaden nuestras charlas, te entrego éstos, mis sueños, que para ti fueron soñados, que por ti fueron soñados sabiendo que en ti y en Alejandro los sueños florecerán.

Mi bebé:

La certeza de que eres, de que existes, se impuso al deseo y al sueño. Al saberlo, un tierno placer recorrió mi cuerpo, entró por los poros y se fue apoderando milímetro a milímetro de mi piel y de mis órganos y ganando mis sentidos como aquella noche en que besando en la tierra te bajamos de las estrellas para ponerte a florecer en mi vientre. Caminaba en espiral tratando de despertarme para salir a compartir el sueño con el hacedor del sueño, mientras quemaba mi rostro e inflamaba mi amor el frío, pero amable viento parisino. No sé por qué el papi no estaba allí a mi lado; quizás el teatro, los ensayos, la gira de despedida por Francia, país que hoy nos cobija, el viaje de regreso a nuestro continente, o tal vez por lo que aún, a pesar de su amor, no se veía imprescindible para la realización del sueño, es decir, tu llegada. Nunca le he preguntado por qué ese día estaba yo sola, si desde ese momento en adelante nuestros sueños han cabalgado juntos hacia el infinito. Quizás, al igual que a mí, el amor le sirvió de maestro.

Sí, bebé mío, algún día el amor me enseñará a escribirte en nosotros; hoy, al comienzo eres *mi* y no *nuestro* bebé pues si bien tu padre me amó, yo te llevo en mi vientre, y tal vez sea ésa la única explicación posible. ¡Todo es extraño!, al hablar eres nuestro, pero al escribir eres mío, quizás porque al hablar te acuno en mis brazos mientras sueño a su lado, y al escribir no te comparto, somos sólo tú y yo. Sólo tú y yo, para disfrutarte pleno, para sentirte apoderarte de mi cuerpo desde adentro, para confiarte mis sueños; y al escribirte sales a caminar por la vida y te entrego al mundo.

Llegamos al teatro donde el papi dirigía un

tango sobre el escenario; llegamos, sí, porque esta vez éramos yo, y tú respirando en mí. Aunque a decir verdad te sabía desde el mismo momento que fuiste pues, ¿quién que haya amado de amor y de sueño para prolongar la vida, quién que haya estirado la mano para alcanzar la nube que le hiciera cosquillas en los pies no sabe con certeza cuando el milagro ocurre? Crucé de respeto y de silencio la sala vacía y porque soy actriz, lo sabes, me medí en cada una de las butacas por lo que cada una es mi juez y mi espejo. Sobre escena, llenándose de sueños estaba él, tu padre que por lo que es director alimenta mis sueños para que mis butacas sueñen. Sin la mínima clave, sin embargo, orquestaba tu presentación al público, a esas butacas vacías que horas más tarde vibrarían cada una con una chispa especial.

Paseándose sobre escena estaba Fredicito Rojas, uno de los actores de nuestro grupo, ensayando sus textos en un balbuceante francés con acento a selva ecuatoriana, y de pronto todo se tornaba premonitorio -la escena, la selva, la pirámide donde cada noche nos subíamos con respeto a compartir con el público los sueños y a derribar los mitos- de lo que se preparaba para acoger tu llegada en el continente de las noches y los sueños desvelados.

En la noche, durante la función, al calor de las luces y la sala los personajes se lanzaron a la aventura de abandonar sus escenas y cambiar de historia, de deslizarse en sueños ajenos y Freddy, confundiendo el texto del burdel con el de la cárcel. *Ça fait plus de trois mois que je suis là...* (hace más de tres meses que estoy aquí...) nos hizo temblar de miedo y de risa. Todos nos preguntábamos cómo iba a escapar Freddy a la adversa suerte a la que lo enfrentaban los burlones personajes, la lengua y el encerado y prestado escenario; Freddy, actor de paso alerta de actor acostumbrado a la selva ecuatoriana y al lenguaje de los pájaros, las serpientes, los caimanes y los monos, pero quien para hablar francés, es como si le hubieran pavimentado la selva, no se encontraba ni por casualidad. Actor de tripas, pero no podíamos dejar de temblar divertidos al verlo caminar de paso seguro hacia su público lanzando el parlamento de un macho en un prostíbulo dentro de la trágica y melancólica escena de una multitudinaria pero solitaria celda. Afortunadamente, como dice tu papi, los dioses del teatro existen y triunfante, entre mezclas de *ça m'étonne, c'est bizarre* y *ça m'inquiète* (me extraña, es raro, me inquieta) logró torear la situación y salir con una atronadora ovación del auditorio y un secreto aplauso nuestro mientras las prisioneras que se habían transformado en prostitutas regresaban al movimiento de prisioneras o las prostitutas a presas, ya que a decir verdad en una y en otra escena estábamos prisioneras. Milagrosa y mágica vida de la tras escena que no llega al público, pero que encierra una tensión y una emoción vital para los actores.

Después de la función desmontamos la pirámide -la misma que con sus tres pisos de oscuro hierro y colorida madera representaba las entrañas y el paisaje de Latinoamérica- la misma que ¡quién lo hubiera pensado en ese momento!, te serviría de albergue, nave y escudo durante nuestro recorrido por los teatros y no teatros colombianos.

Mi bebita adorada:

Hace muchos días que no converso contigo. No creas por ello que te tengo olvidada, hemos tenido mucho trabajo y tu papi como que aún no se acostumbra a que eres y estás y quiere continuar soñando al ritmo habitual. Descubrirte ha sido para mí algo maravilloso, único. Seguir de cerca tu desarrollo suspiro a suspiro, sentirte pasar del sueño a la esperanza, a través del libro, *mais oui, le livre*, porque no compramos un libro para hacerte, el amor no necesita de libros, pero sí compré el libro que paso a paso va describiendo desde el primero, ése mismo, el guarisapo, hasta el último tú; quería conocerlo todo para ir adivinándote todo, sintiéndote todo, dándote todo y a la vez poseyéndote todo. Saber que pronto, en unas semanas, tu corazoncito comenzará a latir. Ahora sí siento que existes y que nos necesitas, a mí, a tu padre y... al libro. Aunque, ¿sabes? Todo esolo supe desde antes. Desde antes de que te creáramos aquella noche especial en que desbordados de amor nuestros cuerpos se fundieron en la volcánica explosión que te dio ser y como el universo entero surgiste a la vida -y ahí no había libro- desde antes de que nos amáramos en silencio, cuando ebrios de viento y felicidad bajábamos de la mano la escalerita junto al *Pont Neuf*, esa que conduce a los turistas hacia el *bateau mouche* para que encerrados como moscas, si es invierno, aleteando como abejas si es verano, hagan su recorrido de París, tomen inodoras fotos que a la distancia mostrarán a los menos afortunados que se quedaron en su tierra exclamando yo estuve aquí, marcando la borrosa foto con la mancha de un dedo índice que sin querer aplasta la cabeza de la gárgola que en *Notre Dame* quedó esperando ser admirada en toda su magnitud. Escalera que ya reconocía nuestros pasos y nos abría paso para conducirnos al paraíso, el que se siente cuando se siente y se sube y se entrega y se queda suspendido en el cielo parisino cual gárgola satisfecha, mientras las luces del *bateau mouche* iluminaban mis senos palpitantes de deseo.

Desde antes de partir en viaje a Grecia donde con tu padre nos estremecíamos de placer y de emoción frente a cada piedra, frente a los mares de olivos arropados por el olor de la lavanda, olor que se impregnó en tu pensamiento y en mi vientre; olor que reconociste cuando de pasos vacilantes recorrías el jardín secreto del *Palais des Papes* en Avignon exclamando ¡mmmm qué rico, huele a *vanda* mami! Y desde aquel día, todas las madres y todas las niñas huelen a vanda al despertar al amor. A la *vanda* y a limón, ya que te impregnaste, como yo me impregnara cuando tu padre me abrazaba bajo los limoneros que rodean el hermoso teatro de la ciudad sagrada y perdida de Hammamet y yo explotaba en jugos y en amor y tú te estremecías en alguna parte esperando, preparando tu llegada, ¡oh actriz ya consumada!

Como ves, desde antes de tenerte ya hablábamos de ti como una realidad. Sabíamos que nos observabas desde un lugar secreto de la luna esperando el tiempo propicio para venir a tirarle los pies al papi e indicarle que tu tiempo había llegado a nuestro tiempo y que tu mundo debía deslizarse en nuestro mundo.

En nuestro viaje de búsqueda por Grecia e Italia dos temas ocupaban nuestro tiempo y nuestro amor; uno ya lo conoces, el teatro, la vida que nos lleva a perdernos en nuestras raíces, que como espejo nos refleja y se refleja, que nos enfrenta y nos confronta. El otro: tú, que serás, si niña, Melina, la hija de la isla de la miel, si niño, tu padre dice que... Gabriel Marius, y ya veía el enorme letrero lumisoso anunciando -en sus palabras- a Doñihue y al mundo: noche de gala, *Hamlet* con Gabriel Marius Gac-Artigas y la enorme fila de espectadores perdiéndose en la lejanía.

*****

Afortunadamente fuiste tú y cuando Gabriel Marius llegó le llamé Alejandro, el hombre sabio, pues tu padre ya andaba viajando por otros sueños. Y entre nosotras, él también huele a *vanda* y a limón.

*****

Y tú, ¿cómo te sientes? ¿Tienes espacio suficiente para abrirte a tu mundo y crecerte? Te siento, te arrullo, pero no veo que mi vientre se abra esplendoroso para darte libertad, y me preocupo. Leo en el libro que desde hace una semana tu carita se ha estado esculpiendo con mágicas cinceladas, que tus brazos y piernas se extienden por mi cuerpo como ramas-raíces, alejándose de tu tronco, prolongándose hacia el mundo.

Sí, dentro de una semana tendrás ocho semanas de ser y te enfrentarás al público nuevamente. ¡Qué momento magnético y especial aquel en que la oscuridad da paso a la vida, aquel en que nos poseemos para poder poseer al personaje y entregárselo al público en generosa ofrenda, cómplices de pasión y de entrega! Y tú estarás conmigo en ese momento y yo estaré feliz de que comiences a abrirte a la vida.

Mi querida guagüita:

Hoy has cumplido dos meses. Sé que tus bracitos y piecitos juegan a las chiringas adentro, volantines en acrobática danza, aunque aún no los sienta de sentirlos. Estamos en un puerto al norte de Francia, Cherbourg y hace un frío inhumano que sólo la hermosura del teatro es capaz de quebrantar. Con tu papi nos paseamos por la ciudad y al borde del mar observando de ojos tristes la inmensidad y las caravelas que se mecen cual se mecen nuestro amor y nuestros sueños. Nuestros ojos se detienen frente a un muro de piedra en una callejuela, de aquellas callejuelas que desde el comienzo acompañaron nuestro amor, y en el muro cómplice, un afiche donde dos máscaras, la tragedia y la comedia, explayan la noticia: *Ça y est, on rentre!* (¡Listo, regresamos!). Bajo los gruesos guantes nuestras manos palpitan de emoción y en un vuelco del corazón tu padre navega cual Colón en mis ojos y yo, tras el horizonte, extiendo los brazos para recibirlo. De nuestra partida y llegada nos saca el director del teatro quien viene a avisarnos que el momento de regresar al teatro, al mundo, ha llegado. Allá, a lo lejos las luces comenzaban a apagarse, aquí las luces a prenderse para dar paso a nuestro mundo.

Querido bebé:

Discúlpame por haber dejado de escribirte
por tanto tiempo pero todo se precipitó como todo
se precipita cuando se acerca algo trascendental en
la vida. Saludos te envía un gran amigo de tiempo y
de poesía a quien con tu padre encontramos una
tarde, ya cayendo la noche, cuando al bajar de la
mano por el Boulevard Saint-Michel mirábamos París con otros ojos, y tu padre emocionado abrazó a
quien, el primero marchara vestido de rojo, vestido
de blanco, vestido de azul, por los Campos Elíseos
cuando París y Europa estaban ocupados por la
barbarie, y la razón salió públicamente a decir
¡existo! Y recorríamos París con nuestros sentidos,
con ojos especiales -no con los de quienes se sienten dueños y como dueños no se detienen a amar lo
que poseen- sino con los ojos de quienes vivieron
allí prestados y que con tristeza agridulce y alada
nostalgia pretenden fijar en su memoria y en su corazón cada momento de su tiempo grabado en los
silenciosos muros de la Sorbona, en el alegre y ba-
bélico murmullo que desde tiempos inmemoriales
arrulla al Sena desde el barrio latino, en la mezcla
de olores y de sabores, en la *colonne Maurice* que
los solidarios pegadores de afiches franceses nos
permitían cubrir sin precio y sin recubrir sintiéndose ellos también París al llamar al homenaje, sintiéndose luz en la ciudad luz, sintiéndose propieta-
rios de los sueños y parte de la escena en nuestros
afiches de adiós y de esperanza.

Y en eso estábamos, despidiéndonos de París, aunque de París, ya hoy día lo sabes, Melina,
de París una no se despide, y preparando el adiós, y
del adiós, ya también lo sabes, una sí se despide
Preparábamos nuestra despedida en la Gran sala de
honor de la UNESCO ¡Qué honor para actores y ac-
trices que pisábamos el mundo!, por lo que a tu pa-

dre le negaron su pueblo, por muchos años le prohibierion volver a su pueblo, pero a él y a nuestro grupo la UNESCO nos permitió entrar al mundo el 20 de diciembre de 1984.

Nuestro recorrido nos llevó a Les Halles, donde a la salida del metro, la salida por la que si continúas derecho, al final de la calle a la derecha, en la esquina, llegas a un antiguo restaurante donde se come una maravillosa sopa de cebolla. Sopa que quiero que algún día pruebes, sopa que probara tu padre cuando visitara París en el verano del esperanzador 1968 y cuyo aroma y sabor quiso que yo saboreara un día en que como director quería perder mis personajes en los caminos del amor sin sospechar que ya mi amor navegaba en sus ojos y se perdía en secreto entre sus montañas y jugaba a las escondidas por la cordillera para llegar en invitación de la pizlázuli al Macchu Picchu y reposar para siempre en las profundidades de su mar, donde en gotas de nube ya tú navegabas.

Y en esa boca de metro estaba saludando nuevos amigos ganados a través del teatro; nuevos amigos conocidos al entregarles una hoja del sueño para luego asistir a un ensayo, sentir de sentimiento al dar una puntada al vestuario, al acariciarlo, al impregnarlo de vida y de olores para hacerlo revivir en cada función.

Y el teatro es todo eso y es más que eso. Es amar y es compartir; mi personaje es porque los otros son y sólo la pasión hace que sean. Y esta pasión debe bajar de escena para desbordarse por la platea y cada butaca llena o vacía, con el que vino o con el que se quedó afuera, debe ser sentida con el corazón y con el pensamiento y hay que hacerla volver a su fuente en vaivén eterno.

El 20 de diciembre amaneció temprano entre la llegada a la UNESCO, la instalación en la sala, la llegada de amigos de tantos tiempos a recibirnos y a despedirnos, algunos elegidos a presenciar el ensayo de rigor antes de la función para impregnarse de los fantasmas que pueblan el escenario. Yo me paseaba contigo por la escena admirando la sala y la pirámide de donde irrumpiría la vida, admirando el desnudo, y por desnudo, hermoso muro de cemento que protege y acaricia las espaldas del pensamiento universal, recorriendo las huellas de tantos otros que antes que nosotros pisaron de amor el palacio de la UNESCO para depositar en él la humilde y hermosa huella de un poema, de un trazo ágil pintando la imaginación, de Julio conversando con septiembre en las callejuelas de París, en manos de vida que, torturadas, con esperanza surgían del escenario para pedir amor, amor y respiro para seguir viviendo.

En mis oídos resonaba un "existimos" susurrado en mil idiomas el que, acariciando tu pequeño cuerpo, te protegía en el hermoso y desnudo salón de honor del palacio de la UNESCO; y yo, tratando de imaginar cómo resultaría la función en la noche, tratando de calmar la emoción de aquel que se despide y la desesperación en la esperanza del que tiene que partir, y mis ojos volvían a recorrer el enorme y desnudo, y por lo desnudo, hermoso muro de cemento que protege y acaricia las espaldas del pensamiento universal.

Sí, sería nuestra última función en Francia, y en la noche, al desmontar la pirámide y cargar nuestras esperanzas dejamos, de intento, abandonada una larga escalera, humilde homenaje de actores para ayudar a la UNESCO a alcanzar el sueño. Y así fue hija mía, hijo mío, como actué por última vez en Francia, la Francia que tantos amigos nos había dado, que tantas satisfacciones nos había proporcionado, que tantos caminos nos había abierto a nosotros, a "Los Comediantes", pero para mí era algo más. Te pido que algún día cuando entres al salón de honor del Palacio de la UNESCO en París abandones a escondidas, en nuestro nombre, otro escalón para contribuir a alcanzar el sueño.

*****

Dejaba Francia, aunque Francia, hoy tú, luego de recorrer París y de acariciar con u menuda mano y tus ojos llenos de amor las antiguas piedras de Avignon y la casita en la que paseaste tus juegos de niña, tus sueños de grande, de madera y no de plástico, insistirá con firmeza Alejandro, hoy tú sabes tan bien como yo que Francia no se deja. Pero dejaba Francia, y en ella, cierto es que por sólamente un mes, pero dejábamos a tu padre.

*****

¡Se conocieron en París! ¡Qué romántico!, nos repetirían más tarde en otros mundos otras personas. Y fue hermoso conocernos en París, en aquella "amable y cálida fiesta de salchichas y cerveza" como dice tu padre, de la que sólo recuerdo tus sonrientes ojos, tus brazos extendidos y flotando al viento las anchas mangas de tu blanca camisa de conquistador o de actor molieresco. Y cuando me dijiste que necesitabas una actriz para tu grupo, llamado en aquel momento "Teatro de la Resistencia-Chile" (TRCH), asaltaron mi mente mil imágenes: la marcha por los prados de la Universidad de Puerto Rico el 12 de septiembre del 73, el afiche de *L'Ecole*, obra presentada por el TRCH que me regalara en el 78 una amiga francesa quien también había marchado el 12 contra la barbarie, pero en París, mis deseos de hacer teatro, mi amor por Latinoamérica y supe que estaba predestinada a entrar a tu mundo y a tu vida y me entristecí porque pensé que había llegado demasiado tarde. Gustavito, te amo.

*****

El 31 de diciembre lo pasamos con amigos,

amigos que se quedaban, amigos que nos miraban con sana envidia por nuestra partida. A las doce brindamos con champaña para recibir al nuevo año que con tanta impaciencia esperábamos y entre recuerdos y sueños esperamos las cinco de la madrugada para dar la bienvenida al nuevo año que como espuma de ese agridulce líquido se derramaba sobre los techos de la cordillera chilena. Y supe que tus sueños los defendería el cóndor y que en tus ojos y tu sonrisa brillarían las estrellas.

Dos sucesos importantes y definitivos se producen hoy para ti. El primero es ingrato para los tres: la separación del papi por primera vez. Será sólo por un mes, pero justo en el momento en que habrías calmado sus cóleras de creador con una rigurosa y física patada en su mano y los ojos del director se llenarían de lágrimas y el escritor arriesgaría un golpe en su cara para lograr sentirte y acariciarte como yo.

Sin embargo creo, aunque llore el corazón al decirlo, aunque suene egoísta el decirlo que ninguna otra persona, ni siquiera el hacedor del sueño, puede saborear al fruto antes de nacer como puede hacerlo la madre porque su envoltura se transforma, vientre infinito, para recibirte a ti, porque estás ahí en cada respiración suya, en cada uno de sus movimientos, de sus desvelos, porque ahora ya tú haces parte de su realidad y de su mundo y basta llevar instintivamente la mano y dejarla reposar sobre el vientre para saberte; y una sonrisa misteriosa, una sonrisa surgida de otros mundos se esquisa en sus labios y la imaginación se pierde en mil proyectos y paisajes de los que nos trae de vuelta el tierno abrazo del papi ansioso de compartir nuestro secreto y nuestra felicidad.

Sí, él está en ti de manera innegable pero, tú estás en mí; tú lo contienes, pero yo te contengo. ¡Oh incógnitos pero maravillosamente accesibles misterios de la lengua!

El segundo suceso importante es tu primer

viaje largo. ¡Largo! Como si no fuera largo el que has emprendido hace cinco meses y más desde que con el papi decidimos rescatarte de las nubes y traerte a compartir nuestros sueños. Irás en avión, mi Gabriel Marius o mi Melina, al reencuentro de tus raíces y Puerto Rico es la primera etapa en lo que será tu largo recorrido por tierras latino-americanas. Es tu entrada a la vida de tu pueblo, de tu gente y tienes que vivirla intensamente. Yo te acompañaré en ese viaje por el continente que desconozco personalmente guiados por la mano segura del papi para quien Latinoamérica es savia de vida, fuente de sueños desvelados, refugio de maravillas presto a redescubrir. No llores, mi bebé, no te pongas triste. Pronto estaremos los tres reunidos. Ahora vamos camino al aeropuerto y los techos de París mueven sus brazos diciendo adiós, aunque a decir verdad, un día lo sabrás, París no dice adiós.

<u>4 de enero de 1984,</u>
en algún lugar sobre el océano.

Cuando miré por última vez hacia atrás luego de atravesar la barrera que implacable separa a los viajeros que parten de los que se quedan, aún estabas ahí, una sonrisa calmada flotando en tus labios, el brazo inclinadamente en alto en un gesto de hasta pronto.

Y como presintiendo el futuro incierto e insospechado para ti y para nosotras, Melina quiso salir de su ser-nada-ser y desde su envoltura de vida agitó raíces y aspas de amor y esperanza para decirte ¡hasta pronto, papito lindo y hermoso!

*****

(¡rey, presidente...!, añadiría años más tarde Alejandrito a los apelativos en palabras entrecortadas por la risa bajo las manos que suavemente le cosquillean).

*****

Y apretando el paso para que no me vieras llorar, para que no nos vieras llorar, apretando entre mis manos *J'attends un enfant (Estoy esperando un hijo)*, atesorado guía para seguir el embarazo y preparar el nacimiento de mi hijo o hija, tu nacimiento, me interné en el vientre volador que cobijó el sueño, vientre materno que lo alimentó hasta arrojarlo de su seno a mi seno en la selva colombiana, sueño celeste que se acostó al levantarse el sol y amaneció en la primera estrella, vientre volador que me separaba de una parte de mi vida.

Tú, con la sapiencia que ya te daban tus tres meses, cerraste los ojos para no ser testigo de la tristeza...

*****

...como los cierras abiertos ahora para escaparte y soñar, para volverlos a abrir sólo en el momento en que escuchaste su voz acariciando tu cuerpo, meciendo tus sueños, compartiendo contigo sus secretos, justo seis días antes de tu entrada a este mundo.

*****

Pero en aquel momento de la despedida la barrera estaba presente, implacables barreras que sembrarían nuestras vidas, tú y yo con un pasaporte, tu padre con otro, cuando tiene uno, por lo que tu padre siempre está del lado de los más débiles y jamás gana una batalla -sus batallas, sonrientes y dolorosas batallas- y le quitan el saludo y su pasaporte, y las barreras, implacables barreras con las que los hombres siembran el camino hacia la vida separándonos. Tu padre un pasaporte, cuando tiene uno, nosotras otro, y las barreras que pueblan las fronteras, y diciéndonos adiós con la mano y besándonos con la mirada por sobre las barreras que implacables intentan separar, y nuestro amor triunfando por sobre las barreras y los pasaportes.

¿Un pasaporte? Es sólamente un papel para que algunos se sientan importantes o un sueño para que otros crean que lograron cruzar las barreras.

Y a pesar de la presencia de la tristeza siento un estremecimiento inusual, un aleteo relámpago que cruza mi vientre de un extremo al otro con movimiento rápido y constante y tus ojitos aún cerrados te veo remolino agitando tus manitos para despedirte del papi envuelta ¡oh tú mi melena de sol de atardecer!, en tu propia melena que también comenzó a estilizarse con el saludo de tus tres meses.

Mi querido Gabriel Marius:

Como ves por el saludo, aunque te deseamos Melina, no sabemos si lo eres, y hoy siento que puedes ser Gabriel Marius y te querremos igual. No sabes cómo te he sentido todos estos días. Ya no esperas que me recueste a descansar para comenzar a nadar por todo mi vientre, para aventurarte a explorar todo tu espacio. Y ¡qué emoción hoy, mi vida, cuando escuché palpitar tu corazoncito por primera vez! Parecías un caballito desbocado corriendo hacia los brazos de tu padre. ¡Ay mi Melina, si pudiéramos correr ambas a ese encuentro!

Yo por lo pronto debo comenzar a preparar mi cuerpo para recibirte. Ejercicios para fortalecer las piernas y la espalda que debemos hacer con el papi pero... pero... quien... quien estará a nuestro lado llegado el tiempo; descanso pues quizás, para que te sueñe, exiges irrevocable más horas de sueño a mi cuerpo y tu casa; alimentación balanceada, el tope de peso adquirido no debe sobrepasar los 12 kilos si queremos que todo salga bien, como nos dice el libro, multivitaminas, extra hierro y calcio.

Afortunadamente tenemos el libro, pensaba, al que no se le escapa ni un sólo detalle para prever toda insospechable sorpresa; eso es lo que pensaba hasta que me percaté que se les había olvidado mencionar el manjar blanco, el manjar blanco para el olvido, para olvidar que el papi no está con nosotras y que es muy triste saberse sin él y cuidarse por ti pero sin él. Pero sin embargo creo que fue el libro quien nos empujó a ti y a mí a romper la tradición y a escaparnos en nuestros propios sueños.

Mi querido bebé:

Hoy hemos visto, ¡parece mentira!, por primera vez desde que llegamos, el mar de mi isla. Tomamos la lancha en Cataño para llegar a Puerta de Tierra, la puerta que nos da entrada al Viejo San Juan, puerta que guarda celosamente historias de piratas y corsarios rescatándolas del olvido, ¡al alimón, al alimón, que se rompió la fuente! para que tú también conozcas la historia.

Todo era algarabía en las viejas calles adoquinadas de azul por las fiestas de San Sebastián. Los artesanos habían instalado sus kioscos llenando de colorido, sonrisas y esperanzas las plazoletas y las esquinas desde la placita San José hasta la Plaza de Armas, y en cada puesto se daba rienda suelta a la vida; mientras unos hacían cantar los caracoles otros hacían danzar las telas y otros moldeaban de vida la madera.

Y en hermoso cuadro de vegigantes uno de ellos te entregó el candente sol y el arrullador mar de mi tierra, para que te acunaran como lo habían hecho conmigo hace muchos años, ese sol que me iluminó y ese mar que me condujo al encuentro con tu padre.

Al bajar la cuesta por la calle... ¡oh cómo los nombres se desvanecen con el tiempo!, los nombres, no las sensaciones, no los adoquines que balanceaban los sueños del conquistador y que al igual que ellos yacían enterrados en las curvas, en las cuestas de Puerto Rico, en las callejuelas que albergan otros sueños. Al bajar la cuesta las comparsas disminuyeron y en un segundo todo se cubrió de un silencio como de muerte. Las sonrisas se volvieron rictus de dolor, el mar se retiró envuelto en espuma, la vida se detuvo en el viejo San Juan, la muerte se había detenido un poco antes reclamando la vida a Juan Antonio Corretjer, poeta de la vida y la muerte, luchador incansable por la libertad de su pueblo, de mi pueblo, de nuestro pueblo. ¡Hasta siempre, don Juan!

Mi querido Gabriel Marius:

¡Acaban de decirme que eres Melina! Ya te lo he dicho, yo te quiero quien quiera que seas. Hoy te he visto por primera vez y las encontradas emociones de verte y de que no te vea, no ya con los ojos de la imaginación, me provocan un dolor de cabeza increíble; es como si fuera rodando en espiral por una escalera en caracol que nunca termina. ¡Cómo movías tus piernitas, cómo las agitabas llena de alegría y vigor! Dice el doctor que estás muy bien y aunque cree que serás Melina no se atreve a asegurarlo pues en el justo momento de la develación del misterio te diste media vuelta sobre ti y pudorosamente te cubriste.

Y recogiendo tus ramas y raíces y apoyando tu cabecita contra ellas te perdiste en un hermoso sueño y viajamos las dos para estar junto a tu padre.

Mi querido Gabriel Marius,
que espera su turno
Mi adorada Melina
Esperado bebé:

No pude escribirte antes, lo siento. En el avión tenía mucho sueño. Pasé todo el día con tus primitos, tíos, abuelito, toda esta parte de la familia, quienes vinieron a ofrecerte muestras de cariño. La tradición se rompía y como toda ruptura era dolorosa. Y tú y yo teníamos mucho miedo, teníamos mucho miedo, pero esperábamos. Se abrían a nuestro paso nuevos caminos, aventurosos caminos, riesgosos caminos, insospechados caminos...

*****

...miedo que sólo la mano extendida del viajero eterno, de aquel que nos enseñara más tarde a ti, a tu hermanito y a mí a viajar de viaje como él, la mano de tu padre, mi adorado bebé, lograba convertir en entrañable recuerdo.

*****

Tuve tiempo, eso sí, de escaparme un momento para llevarte a despedirnos del mar, el mar que va y viene, el mar que lleva y trae. Quise pasearte primero nuevamente por el viejo San Juan, para que te impregnaras de la historia y en cada esquina se me aparecía tu abuelito, abuelito niño que se escapaba por la Luna para evitar su cucharadita matutina de emulsión de Scott, la que según su abuela lo haría tan fuerte que lo llevaría a lejanas tierras a levantar mundos y a forjar países. Por la Sol lo vi subir en la noche para dejar perder su mirada entre los buques que esperaban traicioneros a los ansiosos prisioneros que como él querían escapar, sin imaginar siquiera que cambiarían el cerco de mar, cocoteros y platanales por los barrotes entre una y otra estación de metro newyorkino y que la libertad se quedaría por el camino en el reflejo de hermosa dama que nunca mojó sus pies y que por ello no alcanzó a tocar tierra.

Y así nos despedimos de él, fundidos en el abrazo de los que alguna vez han partido, en la complicidad de los que saben lo que partir significa, de los que saben que siempre se parte a la búsqueda. Y al mirar hacia atrás, en el último adiós, lo vi de pie, erguido pero con sus ojos flotando en un mar salado; erguido y silencioso, sin pedir nada, como fue en su vida, y dándolo todo. Erguido y silencioso, como lo fuera también tu abuelita, quien sola de amor cada vez que tu abuelito izaba velas hacia el norte en busca de más favorables vientos, permanecía como roca inamovible de valor, de fidelidad, de amor, y aún le quedaba tiempo para un abrazo, una caricia, un beso para cada uno de nosotros, sus hijos. Siempre pensando en otros, nunca en ella. Mami, ¡cuánta falta me haces!

Ahora volvemos a encontrarnos con la Tita en Colombia de quien nos habíamos despedido en París hacía alrededor de dos meses y quien casi se vuelve loca con el equipaje que traemos. Yo repasaba en mi mente la lista de cosas que sabía iba a necesitar para recibirte: un termómetro para medir la temperatura del agua del baño, una bañera, una olla especial para esterilizar los biberones, los biberones, los pañales, una pesa que pesara gramos y esperanzas para equilibrar la savia y las hojas que comunicarían los olores a tu piel, una blusita de encajes para dejar pasar el viento, un gorrito de Pierrot para hacer que el pensamiento sea amable y sonriente, dos guantecitos para dar calor a tu primer saludo al mundo, dos zapatitos con lacitos para que no te escaparas a caminar antes de tiempo por los caminos secretos de la Cordillera.

Contaba las cajas y miraba la lista de su

contenido y comparaba con la lista del libro y tras añadir una maleta de mimbre para salvarte de las aguas dije: creo que no falta nada, y la Tita y yo respiramos.

Al mirar a mi alrededor recordé que éste era mi primer encuentro con Latinoamérica, el continente con el que soñaba, de cuyas luchas por la libertad era solidaria, el continente cuya música había invadido mi espíritu, cuya cordillera desapareciendo en los pinceles y recuerdos asaltó mis ojos, continente cuya palabra amable había aprendido a conocer y apreciar en el lejano París, ¡oh fraternal París que abriste tus fronteras al mundo, y el mundo se enriqueció y tú te alimentaste y yo fui algo más que simple y solitaria isla!

Como habrás podido notar este país es y no es como el mío. Lo es en esencia, en la alegría de su gente, en la exhuberancia inagotable de sus verdes, en la tierra y su fruto generoso pero aquí la gran riqueza natural no es capaz de disimular la pobreza cotidiana y ésta se hace mucho más evidente que de donde yo vengo. O por lo menos está más expuesta, golpeando todos tus sentidos desde que bajas del avión.

Me ha golpeado desde el borde de las calles sin pavimentar, desde los agujeros que dejan entrever la miseria en miserables chozas, desde el fondo de los ojos de los niños y las niñas, desde el fondo de los ojos tristes a mí que sonrío por lo que te llevo, a mí que sueño viendo tus ojos sonriendo, me ha golpeado y me inquieto.

A tu papi (y mi amor) no lo veremos aún. Sé que nos hace mucha falta a las dos, pero... Ya hace un mes y veintiún días que estamos separados, y nos habíamos dicho, "nos vemos en un mes" con el dolor en la voz de ser tres interminables semanas y el mes se sigue escapando río abajo en vertiginosa carrera y tengo miedo, miedo de que pase el tiempo, miedo de que no pase.

Tenemos que esperarlo. Sigue creciendo sana, saludable, inteligente y feliz y pórtate bien. Espera el momento propicio para venir a este mundo. Por favor, no te apresures en llegar. Hasta pronto, mi amor. Duerme bien.

Y no te olvides de usar la bufanda de alpahaca. Supimos que en París está nevando y que su corazón, triste, deja escapar de sus venas, deja correr por sus callejuelas, el invierno más frío del siglo.

Mi vida:

¿Escuchaste la voz del papi cuando hablamos hoy por teléfono? Sé que lo escuchaste pues te sentí saltar y explotar en risas cuando nos dio la gran noticia de su salida, ¡por fin!, de Francia hacia Buenos Aires, lo que significa que al acortarse la distancia se acorta el tiempo. ¡¿No te parece extraordinario, mi amor?! Ya no son quince, dentro de poco estaremos apenas a ocho, ocho mil kilómetros en línea recta, sin contar las curvas de la Cordillera, la Cordillera que ¡oh, hasta de ella siento celos!, la primera abrirá sus brazos a tu padre para darle la ardiente bienvenida.

Cuando el papi nos vea tiene que sentirse orgulloso de ti y de los cuidados que te prodiga tu mami. Te adoro y a tu papi también. Y él nos adora a las dos. El día en que cumplirás seis meses, el 4 de marzo, ya el papi estará en Buenos Aires y aunque harán ya tres meses de nuestra separación también se acercará más el momento de nuestro reencuentro y de tu llegada. Hasta mañana, mi amor, nos vemos en quince días.

¡En quince días! Parece que las cuentas han sido empacadas en alguna maleta o baúl de los que guardan con celo nuestros sueños porque como que no quieren reencontrarse.

Querido mío:

Otro lugar, otra ciudad. Nuevas emociones se suceden para ti y estamos lejos de tu papi. Por primera vez asistes a una obra de teatro en Latinoamérica. Es el grupo Teatrova, en una adaptación de dos obras cortas montadas en guiñol: *Doña Rosita y don Cristóbal* de García Lorca y *El ángel de la guarda*, basada en un cuento de Botero, el pintor, por lo que en América Latina los pinceles también escriben. Los muñecos son preciosos, los textos ni qué decirlo, poéticos, redondos y generosos como los personajes que pueblan sus cuadros, de los de Federico... ni hablar y el ángel de Botero sobrevolando a Federico y Federico poseyendo a Botero dieron un espectáculo sencillo, amable y divertido.

El estar en una sala me llevó a pensar en tu papi y en las cientos de veces que tomados de la mano entrábamos a los teatros, no por la entrada de los oficiantes sino por la del público, a disfrutar del trabajo de nuestros amigos. Y cada puerta la cruzábamos con respeto y cariño cómplices en el acto de amor.

Fue así como en el momento en que las lágrimas de la hermosa lámpara que colgaba del techo en el Odeón se apagaron para dejar paso a la sonrisa que nos envolvió una *Tempestad* de vientos con olor Mediterráneo, con dor a Giorgio, con olor a vida; París oliendo a Europa, oliendo a lavanda, tu *vanda* hija mía, mezclándose con la albahaca y el aroma de la tierra bañada por la neblina eterna, con olor mezclándose con los del canard laqué y de las costillas de cerdo embadurnadas de amor que comenzaban a preparar en el restaurante vietnamita que esperaba nuestra llegada a la salida del teatro, al igual que nos abrían sus vientres espolvoreados con harina los crujientes chunchules a la salida de Epidaurus.

En el Teatro de París asistimos a una semana de Brecht, sin ser Brecht. Brecht estaba presente en los diálogos, es cierto, pero no vivía en ellos, se reproducía como polvo de tumba en ellos, y nos pusimos tristes de ver aquel horrible y desgarrador intento de inmortalizarlo en museo en las funciones del *Berliner Ensemble,* triste museo que tuvo un rayo de humor cuando escuchamos salir de escena e ir llenando todos los rincones de la sala un grito sangre de nuestra sangre, familiar en sus matices, grito de raíces, grito de tierra herida: ¡Onde están los tigres po!, grito familiar en sus olores, con el más puro acento del continente imborrable pese a los más eficientes profesores de alemán. Porque se puede hablar el mejor francés sin acento, pero no se puede actuar sin acento de raíces, de emoción, de pasión, de razón, de identidad aunque se tenga el perfecto acento.

Y te lo digo, yo, hijo mío, yo que he actuado en francés, y que he conocido algunos que se hacen entender más con el acento de las raíces y del teatro que aquellos que al privilegiar la técnica de la perfección en el acento, *n'est-ce pas?*, dejan colgado en el camerino, junto a su ropa, la vida del personaje que debería revivir sobre escena, matándolo así antes del sacrificio compartido.

Grito que provenía de un acercamiento diferente a Brecht, de un ensayo de revivirlo por parte de uno de los nuestros, uno de los tantos que llevado, como tu papi, por los vientos que levantó el Gran Eclipse que cubrió el cielo y la vida de Chile llevaba años perdido en la también oscura vida berlinesa. Y si bien es cierto la oscuridad no es la misma el resultado se iguala en la sonrisa prisionera de aquellos que aprisionaron el sueño para asesinarlo.

En el teatro del *Rond Point* admiramos y aplaudimos a Madelaine en sus *¡Oh, hermosos días!* y no eran los pasados, eran los futuros ¡oh inolvidable ingenua! poseyendo a ingenuos espectadores, y por invitación, en ese mismo lugar medí el valor del tiempo sobre escena. No hay que correr, nos decía siempre Gustavito, (tu papá, el director), dense el tiempo de mirar al público, de que éste los vea, que sienta su presencia, de sentir el escenario, de sentir la tierra, de impregnarse de amor y poseer el mundo.

Y lo que en teoría nos parecía un tiempo interminable, interminable para nosotros actores y para el público, al mirar al actor del grupo de teatro japonés de lento pero firme paso tomar tres minutos en llegar al centro frente de la escena partiendo del lado patio atrás, me pareció un suspiro de tiempo. El papi tenía razón, el público va a vernos, y merece que nosotros le mostremos la excelencia de nosotros mismos y esa excelencia será la que transforme el valor del tiempo y si no lo entregamos todo, un segundo puede transformarse en un siglo para nosotros y en pesadilla para nuestro público.

Y siguiendo los acordes orientales en la *Cartoucherie* presenciamos una inolvidable extravaganza de   Arianne Mnouchkine: Shakespeare montado con ritmo y acento japoneses y allí Shakespeare, aunque completamente fuera de su contexto isabelino, sí conservó su vida y su fuerza. A diferencia del *Hamlet* más tradicional de Vitez en el Teatro Nacional de París, el que quedó suspendido en seis horas de espectáculo, la vida pendiente de la muerte en el sepulturero, único actor de espaldas al público, pero ¡qué espaldas tan profundamente expresivas! para transmitir la vida que los otros, de frente y en primer plano no lograban iluminar, a diferencia de los armarios para siempre iluminados que poblaban *La clase muerta* y el mundo de Kantor; Tadeus que nos emocionó en el casi destruido teatro en que observamos maravillados los pájaros en eterna conferencia, los pájaros del universo que recobraron vida en las milagrosas manos de Peter Brook. Tadeus que nos hizo explotar de risa con sus actores espejos, jugando y jugando con los sueños en sus *Cricotiadas* en *Beaubourg*. Y Eréndira... Eréndira que nos hizo llorar, llorar de rabia cuando el abuelo desalmado la destruyera en el teatro del este parisino, Eréndira que junto a Gabriel abandonara con vergüenza el escenario para él, con ella a cuestas, también tomar el avión de regreso al mundo mágico y a los vasos que se vuelven azules al contacto de una mano enamorada, azules cual azul es el pájaro de la felicidad, pero un azul que no se pinta con un grosero pincel sino un azul que se ve en el sueño y en la vida.

Y si te lo digo es porque desde que estás en mí, desde que está en mí, lo que toco se cubre de color felicidad.

De la mano también estuvimos en Epidaurus y en el Teatro Dionisius, en Atenas. Estuvimos allí en varias ocasiones, de noche, para asistir al festejo y al sacrificio, de día, de día como cualquier mortal, pero no para dejar caer un dracma en el centro del escenario, ceremonia tradicional de todo turista para escuchar la tintineante nota llegar cristalina a cada uno de los diez mil asientos de piedra y luego otro dejar caer otro dracma, y otro y otro. Y tu padre con un metro midiendo los asientos, midiendo los escalones, el largo de los pasos, la longitud de los sueños para el teatro que un día construiría en la falda de la cordillera o para compararlo al teatro perdido más allá del lago de plata, el teatro de piedra y canelo perdido en la memoria de su pueblo, el teatro que tú pisarás un día. Y en su frontis el letrero luminoso... y la interminable fila de espectadores... y el teatro, sonriendo, se recogía discretamente junto al metro y a los alocados sueños de tu padre.

Te lo había dicho desde el comienzo, el olor a vanda, a limoneros, a aceitunas, el color a amor, mar y piedra estaban en ti, y saliendo desde el centro del escenario impregnaban mis sueños y a tu padre y preparaban tu llegada mi adorada hija de la isla de la miel, mi adorado Gabriel Marius, y una o el otro avanzando desde el fondo de los olivares, subiendo las escalas de piedra para refugiarse en nuestro amor.

Nos perdimos, nos perdimos en nuestros labios, en nuestros cuerpos, en nuestros sexos, en nuestros sueños y como de costumbre tu padre se perdió en el camino y nuestro pequeño auto cabalgaba por los caminos de Grecia, cantando, soñando, y tu padre vio, carretas y viejos buses cargados de campesinos viajando todos en la misma dirección y como de costumbre los siguió diciendo: son el pueblo, mi pueblo y sonriendo saludaba *kala, kala, kalistera* hermanos, *kalistera.* Y al salir de una curva estaba él, el mundo, los orígenes del sueño y ambos bajamos, las lágrimas en los ojos, el amor en nuestros cuerpos y comenzamos a caminar hacia Epidaurus junto a diez mil sueños que llenaban el teatro con respeto.

Y en el centro del escenario iluminado tú, tú que comenzabas a caminar hacia mi vientre y si todavía no existías, ya existías, siempre exististe, y sal del centro que *Edipo encadenado* comienza a caminar sobre el escenario.

Al salir, en silencio, nos perdimos extasiados por el camino de olivos, tomamos en nuestras manos un cordero en homenaje a los dioses, y lo devoramos, dorado, oliendo a especias, nadando en espeso vino antes de completar la ceremonia tras otra curva, al borde del mar, ese mar que acompañaría nuestros sueños y nuestro amor, ese mar que bañó los ojos de mi padre, ese mar que calmó las heridas de tu padre, ese mar que el primero acarició mi cuerpo, ese mar donde un día te bañarías.

Y si el Mediterráneo que baña las costas de España no te acarició fue porque yo llegué tarde y Barcelona, y Gaudí, y el camino de las tapas, y Toledo, Sevilla, Madrid y su puerta al universo, su puerta del sol, y España toda, se nos quedó colgando en el itinerario de nuestros viajes y de nuestro amor.

Y ahora en Bogotá, lejos del mar, me encontraba sola, contigo, pero sin él. Y en una sala que tu padre pisara en mejores tiempos alguien copiaba las posturas de la Mnouchkine, las posturas, no la genialidad, y las posturas en el teatro son lo mismo que las posturas en el amor, sin la genialidad, sin la dulzura, se quedan en recetas de desencanto.

Ya sólo le quedan tres días para salir de Francia. Supongo que está preparando su corazoncito para el regreso a su tan amado y extrañado continente. Nosotros lo seguimos esperando.

Y cuidadosamente cierro el libro para poder soñarte, para poder soñarlo, para verte corriendo volar a mis brazos, para verlo volando correr a mis brazos y dormirnos y despertarnos con la esperanza en los ojos y una gota de miel en los labios, por si ocurriera un milagro... ¡Hasta mañana, amores míos!

Mi niña, mi niño:

Con tristeza e impaciencia acabamos de celebrar el cumpleaños del papi. En su honor probaste empanadas chilenas, ¡deliciosas!, campesinas como las de allá. El lo celebraría en París, en l'Ile Saint Louis, conversando la amistad acompañado de vino francés, quizás chileno, con los arquitectos, amigos de siempre, aquellos que en el verano del 73, la rabia desbordándose por sus poros, por su respiración, por sus puños habían tenido que desempacar las maletas listas para el viaje de esperanza, para salir a la calle a marchar por la esperanza truncada.

Y París marchó y el mundo marchó y yo marché por los prados de la Universidad, alrededor de la placita Antonia Martínez, estudiante mártir, sueños de libertad truncados caídos injustamente a manos de la barbarie. Y tu padre estaba preso y yo sin saberlo marchaba por él, marchaba por ellos, por el de todos conocido y por el por nadie mencionado.

Y donde no podían marchar aparecía un muro gritando, un muro descascarado, un humilde muro, y un muro solidario del dolor y otro muro protegiendo la vida y el amor, hermosas páginas de libro escrito por Juan-Pueblo, y en Juan y en Pueblo, tu padre. Y yo sin saberlo marchaba a su encuentro. Y ahora es él, él, quien viene a nuestro encuentro y nosotras lo seguimos esperando ansiosas como aquel día, aquel día en que mirando el mar alejarse bajo el cuerpo del avión que me llevaba rumbo a París supimos con certeza que nos esperaba y sentimos la amarga, horrible e impotente angustia de imaginar que pudiésemos llegar atrasadas. Ese maldito rayo de envidia que se ilumina como un relámpago inesperado porque no soporta ver la felicidad.

*****

Afortunadamente no llegamos tarde. París nos esperaba, el papi nos esperaba, los dos te esperábamos a ti, y los tres esperábamos a Alejandro.

*****

Hoy el papi se despidió del viejo mundo, aúnque del viejo mundo uno no se despide, y hablamos con él en París por última vez, aúnque con tu padre una nunca habla por última vez. La próxima vez que lo escuchemos ya no estaremos separados por el océano y eso hace que lo sienta más cerca. ¿Te imaginas, mi amor? Aquí en Bogotá son las nueve de la noche, en París son como las tres de la mañana, y los techos... En París los hermosos y plomizos techos de pizarra ya están en medio de la vida, la vida moviéndose a pasos agigantados bajo los techos de París, saltando de uno al otro por sobre las callejuelas de adoquines hasta reflejarse en el Sena y en los amores y aquí los hermosos techos amasados con amor por manos campesinas, comienzan a enrojecer de placer, los hermosos techos de tejas que comienzan a abrirse a la vida en Bogotá; y te veía en brazos de tu padre observando ambos a las tres de la madrugada la mágica transformación de colores de los sagrados techos de Bogotá.

Y la luna se esconde de mi vista y hace frío, frío sin el papi. Allá la primavera está entrando por las ventanas y el amable árbol que explotaba en flores rosadas, ¡flores rosadas! en la más roja de la roja cintura que rodeaba París, y por lo que amablemente nos daba la bienvenida todas las mañanas frente al Gérard Philipe tu padre lo pintó de invisible para que los leñadores de la esperanza no lo encontraran y hoy el árbol continúa sonriendo a la entrada del enorme teatro que albergaba los sueños de tu padre, los subterráneos camerinos que albergaban nuestro amor y el escenario de madera que albergaba los sueños de tu madre, los sueños resbalando cada vez que las empleadas del municipio derramaban litros de cera sobre la hermosa madera para que ella también brillara dejando en la función de la noche el desparramo de cuerpos y parlamen-

49

tos y la pirámide de tu padre sentada en la primera fila. El papi debe estar dormido o con insomnio, pensando en nosotros pues su avión sale a las nueve y treinta. ¿No te parece maravilloso eso, mi amor? Pronto estaremos juntos otra vez. Tu papi es_tá que se muere por verte y pregunta por ti y quiere hablarte y se le nota que está celoso, celoso de ti, celoso de mí y está celoso de nuestras conversaciones y nuestras risas sin razón que lo sorprenden, y me pide que te cuide para que cuando esté por fin a nuestro lado pueda, desde afuera, sentir tu risa y el explotar en la risa sin razón que sorprende el corazón.

Y yo te cuido y te quiero mucho y leo y releo el libro y miro los techos y me inquieto por lo que la temperatura no es la misma, y el agua no es la misma, y el termómetro mide diferente, y los techos y la selva y yo, cartesiana nacida en el Trópico, con mi libro lejos de París. Y tu padre diciéndole a tu tío, ¿América Latina?, ¿los hospitales?, pero si están así. Y abriendo y cerrando los dedos de las manos, repetía, pululan, pululan, pululan. ¿Y las autorutas? Y repetía el gesto, pululan, pululan, pululan, y añadía de voz firme, si creo que el único camino de tierra que queda es el camino del Inca, ahí, al borde del río, ahí, donde se detiene el tren de trocha angosta y comienza a subir la inmensidad y si se conservó fue para los turistas japoneses.

Y yo, al comienzo de la selva, apretaba el libro entre mis brazos y recordaba que a la pregunta de la obstetra sobre si había reservado la clínica en la que nacerías respondí, ¿la clínica?, no, a decir verdad todavía no hemos reservado el país, y tu padre decía, ya veremos, por lo que usted sabe, América Latina ha cambiado tanto, fíjese usted que los países... pululan, pululan, pululan y yo, hoy al borde de la selva apretaba mi libro y te protegía con mi amor.

Mi Gabriel Marius, Melina mía:

¿Qué te ha sucedido en el día de hoy que has estado como un terremoto? Parecías plato de tembleque, delicioso manjar de dioses hecho con leche de coco, maicena y canela, lujurioso movimiento con el que festejé el corazón de tu padre en el primer aniversario de nuestro amor. ¿Qué pretendes ser? ¿Bailarín, bailarina, futbolista? Te advierto que aún no es tiempo para entrenarte.

Hijo mío, estoy triste y tengo miedo y siempre tendré miedo por lo que quiero lo mejor para ti, por lo que quiero entregarte un mundo de sueños y un mundo que tú construyas. Pero las barreras, las barreras..., hijo mío, hija mía, tengo miedo y estoy triste, y por lo que te tengo no tengo derecho a estar triste. Tampoco tengo derecho a estar cansada, y estoy cansada. No vayas a salir sin la sonrisa y a caminar de cansados pasos por el mundo. Te amo y ése sí es mi derecho.

Junto a nuestro libro vamos marcando las páginas del calendario, contándolas por semanas porque es más exacto. Ya entras en tu semana número veintiocho, y el libro... Y en la estrecha buseta colombiana me empujaron y me pisaron y me hicieron caer el libro y si no es por tu tía también a ti te sacan y, por favor, grité: "¡devuélvanme el libro!" Y una viejita lo recogió y persona con la experiencia que le dio la vida me dijo: "coloque la barriguita detrás del tubo, al lado del chofer, así yo protegí a los míos. Y aquí tiene el libro. ¿Qué dice? porque, fíjese usted, yo no sé leer".

Y yo no supe cómo decirle que además, el libro estaba escrito en francés. Y me bajé contigo y con el libro y con tu Tita y regresamos a la casa caminando pues la plata que teníamos para pagar la vuelta, ésa no bajó con nosotras.

Antes de emprender el viaje de regreso nos

sentamos en la cuneta pues el libro decía claramente: la semana número veintiocho tiene que ser de descanso total. *Merci madame!*, no sé qué hubiese hecho sin el libro.

Cuando uno se despide por treinta soles
del ser amado y pasan cientos,

cuando la felicidad de suma compartida
debe ser reemplazada por resta resigna-
da,

cuando el verbo esperar se cuela por los
poros y se adhiere a la piel,
y se hace imprescindible, adorado y temido
al verbo y a la carne,
nacen estos sueños
para el ser que serás.

Al principio la espera y largas caricias
las dos lunas llenas danzan un eclipse para
convertirse en fuentes de miel.

Y un buen día el mar revuelve sus olas
y sientes el rayo, tímido aún
y no sabes si es o no es.

Y vuelve la espera, se agudiza el
sentimiento
y el rayo que insiste.

Las olas se aúpan y mi caballito de mar
agitado
juega a las burbujas de sueños
y ríe contento rasgando algodones
paseando, montado en guitarras aladas.

Y cuando las olas cansadas descansan,
galopa colores por sobre el agua
blanca, azul y malva,
de día se encoge, en la noche canta
y sueña mis sueños en la madrugada.

Mi tierra de algodones
se acomoda a la vida
y crece su semilla
junto con mi esperanza.

¡Oh! suspiro de mar
mi corazón de estrella
mi mariposa amada
mi Pegaso indomable
mi arco iris de mármol
mi granito de aire.

Hoy, mi corazoncito,
abrió sus alas
quiere volar con fuerza
y trata y trata.
A veces se acurruca
junto a mis lanas
que le tejen y tejen
sus ropas blancas.

Su otra mitad
lo espera
lo piensa y lo ama.

Yo quiero juntar pronto
esas dos páginas
de mi corazón
mar sobre cielo
tierra sobre aire
sol con luna y estrella
o con lucero
en el fondo, ¿quién sabe?

Mi niño
Mi bebé
cuarto de luna
en el mundo cerrado de mi vientre
siento tus rayos blancos estirarse
bajo la palma tibia de mi mano
y recogerse súbitos de gozo
y responder a mi saludo diario
y acariciarme cuando noche a noche
te hablo de ti, de mí, de que te quiero.

Y te cuento la historia
mil veces repetida
de aquel hombre barbudo
que dormido en sus sueños
te recrea y te sueña
te juega, te consiente
y te asoma a la vida
que tú has paralizado
con tu ser y no estar.

Y te hace mucha gracia
(lo siento en tu alborozo)
la parte de la historia
en que este hombre barbudo
pierde su último pelo
para hacerte un columpio
con caricias y besos
para tenerte cerca
y acunarte de sueños.

Sólo le queda barba
a este hombre cabellicolorido.
Y un corazón de arena-roca
 para mostrarte el sol,
para hacerte soñar,
para hacerte feliz, nuestro cuarto de
luna.

Toc, toc, toc
tres golpecitos que anuncian salida.
Toc, toc, toc
tres golpecitos que anuncian llegada,
tímidos llamados de fuertes puntadas
¡Hummm, que me desperezo!
¡Hummm, que remoloneo!
¡Hummm, que se acerca el tiempo de salir
del sueño y abandonar las nubes.

Y las suaves nubes de azúcar y agua
se tornan azul mar en movimiento
y Aquiles golpea su talón
¿O es Venus que agita su corona al viento?

Querido bebé:

Comienza a declinar el día y el sol es absorbido por los rojos techos de Bogotá que derraman la sangre de mis lágrimas. Hoy debió ser el día más feliz de esta semana para los dos. Mi corazón se preparaba para el festejo, también el tuyo. Podía sentir, fierecilla, tus manitos y piernitas que en sincronizadas vueltas de arcoiris se agitaban para darle la bienvenida al ausente ruiseñor, al padre árbol, al hombre nube. Este pudo haber sido el día más feliz de esta semana para nosotros, mi principito, pero como ya tantas veces, no pudo ser.

Y el libro que dice que ya te faltan sólo..., schitttt, no cuentes, faltan 8.000 kilómetros y la aduana que no, que son 15.000, que regrese, y el papi que sí, que son sólamente 8.000 y los militares que no, y tu padre como de costumbre les lleva la contraria y la justicia en los labios sueña y los militares no sueñan y claro el papi no sale y hasta Alfonsín dice que tiene que ser sí, que para eso regresó la democracia para que, entre otros tu padre, pudiera volver a pisar sus kilómetros pero los innombrables insisten en que no a menos que... a menos que pague..., que pague el derecho a no pagar, que pague el derecho a pisar su tierra, que pague por lo que vivió en Europa mientras ellos vivían encerrados en su miedo, que pague por lo que el general de al lado se mantenía en el poder mientras sus propios generales caminaban rumbo a la cárcel, y de los cuarteles a la cárcel hay sólamente 8 kilómetros, y qué largos se hacen a veces esos 8 kilómetros y por ello que pague... y tu padre me llamaba desesperado pidiendo dinero, no para que el camión rodara rumbo al cóndor y hacia nuestro amor, no, pidiendo dinero para pagarle al oscuro personaje que se paseaba tras las bambalinas por lo que jamás ocuparía el escenario, oscuro personaje de odioso parlamento por lo que jamás sería; tristes torturadores escondidos tras los formularios al dar la democracia sus primeros pasos en el kilómetro cero, el del Obelisco.

Y yo esperaba el sonido del teléfono con amor y con temor, esperando un te amo y un auxilio, y no sabía si primero sería el auxilio o el te amo o si el te amo se acompaña siempre de un auxilio. Y teníamos que correr al aeropuerto con los sucios billetes verdes para rogar a alguien que los llevara, para rogar a alguien que los entregara para ayudar a liberarlo de las cadenas, para que tu padre pudiera abrir la trampa, y el avión que nos traía la plata que faltaba llegaba a las 9:50 y el que debería llevarla despegaba a las 9:56 y no había tiempo para pasar de un terminal a otro por el puente aéreo del aeropuerto de Bogotá, y el avión que llegaba se atrasaba y los minutos pasaban y corriendo de una esquina del aeropuerto a la otra, pasando de un *doctor* a otro pidiendo permisos especiales para entrar en las áreas reservadas, contando los minutos en un reloj de arena traído desde Grecia, la Tita, tú y yo. Y en un suspiro de los dioses, aprovechando la huida de Jacques la llave se deslizó de un bolsillo a otro y logramos mandar el envío que junto a Alfonsín desempantanaría el camión y permitiría a tu padre decir adiós al Obelisco, el más grande del mundo, y a la avenida más larga del universo.

Fue escoltado con guardias hasta la frontera no fuera que aún quedara otro billetito, y nuevamente en el camino y en las fronteras de América Latina el camión con tu papi resbalando, y la huella que se borra en el desierto, y el puente que no resiste el peso, y los camiones de narcos que sí pasan, ésos son amigos, ésos pagan, ésos hacen parte de otro mundo, ésos marchan como marchara la muerte. Y el camión del papi que no pasa, que camina pero no marcha, que levanten las manos, que

baje con cuidado, que qué nos deja, que ese desodorante europeo puede facilitar la pasada, y nosotros esperando, y el libro... y los teléfonos desapa-
recieron y hoy es la luna llena, la nubecilla indis-
creta la que me trae noticias de mi amor, la que te
trae la caricia de tu padre, y el libro...

Permanece en mí, duérmete en mi regazo.
Confía en papá nube, mamá algodón. No te precipi-
tes, cuida tus pasos, ya tendrás todo el tiempo para
jugar con sol, con tu sombra, que un día verás ade-
lantársete. Tu mamita te cuida, y te ama.

Mi adorada Melina, soplo de luna, relojito alocado y enamorado que completas hoy tus treinta y cuatro revoluciones. Sólo tu aliento, tu vida en la mía, tu revolotear inquieto me mantienen alerta y en pie de lucha. Crécete, mi amor, elévate, lleva este extremo de vida creando amor por el infinito y envuelve el corazón de aquel que amamos. Búscalo entre las hojas del canelo como yo lo buscaba bajo los limoneros de la sagrada Hammamet o bajo la *vanda* respirando el perfume de la milenaria Atenas.

Búscalo sobre el rocío de las flores, sobre el azul del mar o el verde de la montaña y tráemelo pronto, mi corazón de estrella, mi gota de cristal. Es todo cuanto tengo, es todo cuanto amo, es todo cuanto quiero tener a nuestro lado. Estoy cansada, princesa mía, mi principito. Tráemelo pronto, tráemelo pronto, a mi amor.

Corazón mío:

¡Por fin, mi amor! Por fin el papi estará con nosotros muy pronto. Hoy, a las 4:30 de la tarde argentina, nuestro conquistador por fin, por fin emprendió su marcha a nuestro encuentro. Sé que ya no me crees, sé que me lo repito para yo también creer, y el timbre del teléfono me paraliza, el correo, bueno, ese dejé de esperarlo desde que el papi dejó Francia y como a los cóndores les fue prohibido cruzar la cordillera...

Cómplices tú y yo tenemos que esperarlo juntos; tú, descansado y calientito envuelto en tu cobija de agua. Yo, redonda cual oasis, pesada cual montaña, pero queriéndolo como nunca. Hoy es un hermoso día para los dos que solos compartimos pesares y alborozos. También es un gran día para él, que solito lleva en su pecho cascabeles de risa. Mi amor, mis dos amores, ¡cuánto los amo!

Después de la inmensa alegría de saber que el papito ya está en camino el paseo por Bogotá, la Catedral de sal, nada no nos parece tan grandioso, siéndolo todo en realidad. La catedral es impresionante, refrescante. Te quedaste quietito admirándolo todo. En la casa museo el cuadro de Pola Salavarrieta te gustó mucho, por ello te compré a la salida una tarjeta postal para que puedas recordar esa imagen y juntarla a la del puente de Avignon o a la del coquí y las palmeras de Boquerón.

¡Recordar! ¡Recordar!, pasar por el corazón, aprendí en una clase de latín, recordar al papi que pronto llegará, pasar por nuestro corazón su imagen, tú en mí, él en mí, los dos en él, todo ello hace que no pueda dormir tranquila.

Mon amour,

Je t'écris en français, ne t'étonne donc pas si je t'appelle avec des sons qui ne te sont pas proches dans le pays qui nous abrîte à présent, mais c'est que je ne peux pas m'empêcher de continuer à penser en français, la langue qui t'a vu fleurir à la vie, la langue qui a caressé nos rêves ces dernières années: les miens, ceux de ton père; langue que tu devras un jour apprendre.

Tu sais? Papa doit être un peu fatigué d'avoir roulé toute la journée mais, ce qui est formidable c'est que cela l'approche un peu plus de nous. J'ai peur de m'endormir car j'ai peur du réveil. ¿Será cierto o será sólo un sueño? *Et j'ai encore plus peur de rêver que de m'endormir.*

Gustavito, mi amor, hoy hemos estado la Tita y yo recorriendo con los ojos el mapa, siguiendo "la ruta del conquistador" que nos enviaras y sacando cálculos de dónde estarás en estos momentos. Según nuestros cálculos aún te faltarían dos días más para cruzar la frontera, dos más de los que tú pensabas. Ojalá estemos equivocadas porque el bebé y yo... No te pongas triste, es que no sé si nos escuchas, si nos sientes, si las llamas que marcan los caminos no se han quedado dormidas, si los tamarugos extienden sus brazos para abrirte o bloquearte la ruta, si los flamingos rosados no te hacen extraviarte con su fantástica belleza, si...

¿Sabes?, a veces la espera intenta abiertamente ahogar la esperanza y sola con nuestro hijo, (o nuestra hija), no puedo soportar ya tanta espera, tanta espera. Te quiero, quiéreme, bésame, piensa en mí, ven, poséeme, ven pronto.

Mi amor:

Hoy, por primera vez en muchos meses mamá ha tenido el tiempo de dedicártelo enteramente a ti. Estuvo caminando disfrutando de tus saltos y tus asombros al descubrir la maravilla de una mariposa, la tersura de un perrito felpudo que en la calle ofrecía un vendedor ambulante o al descubrir belleza en la niebla y el frío que se cuaja en las montañas que encierran Bogotá pues si vamos a ser trotamundos, no sólo el sol y el calor pueden proporcionarnos satisfacción.

Solos, solas, tristes sin el papi miramos vitrinas en busca de las últimas cosas que te harán falta. Pañales, sí, mínimo dos docenas. Nunca pensé que los desechables serían tan horriblemente caros acá. Ojalá al papi, con su sentido previsor, se le haya ocurrido traer una caja de Francia.

El dulce abrigo ya lo conseguí y estoy ansiosa por comenzar a bordar unas hermosas frazaditas para calentar tu cuerpito con tela y el calor de mis manos y de mi corazón, y el amor que pondré en terminarlas.

El papi debe estar durmiendo a esta hora. Una vez que cae el sol los camiones no pueden circular, no por ley, por las sombras, esas sombras que tienden barreras de muerte, esas sombras que de día también tienden las barreras, y tu padre que circulaba de día y de noche pero yo no lo sabía y me decía, eso le hace bien para que descanse y pueda pensar en nosotros, y tu padre circulaba entre las sombras y las barreras y los caminos perdidos en la cordillera y en la memoria por lo que pensaba en nosotras pero yo, y eso tú lo sabías, yo hacía solo unos meses que había llegado a América Latina.

Ya lleva cuatro días del total de doce de viaje y yo cuatro meses esperando; estoy muy extrañada porque allá en Francia se medía en kilómetros para saber cuánto tiempo podía demorarse uno en ir de un lugar a otro. Y la diferencia estribaba en si se tomaba autoruta en línea recta y sin semáforos o carretera nacional con hermosos parajes, tímidos o majestuosos pueblos a la orilla, el restaurant *routier*, los restaurantes donde nos deteníamos con tu padre y con el grupo para calmar el hambre infinita de los comediantes.

Acá la distancia se mide en horas, en días, en semanas dependiendo de los sueños, de los dólares, de si las lluvias han comenzado a desbordar el lago de plata y a borrar junto a la huella del conquistador las huellas que conducen a la ciudad dorada, las huellas de lo que nunca fue y sin embargo existió.

Afortunadamente el papi se hizo miembro del automóvil club de Argentina donde le entregaron unos mapas en que todos los caminos aparecen marcados, mapas tan excelentes que incluyen incluso los caminos que están en planes de construcción. Además, el papi está acostumbrado a cargar y a viajar con sus sueños en carretas, en autos, en pequeños camiones, en enormes camiones, en barcos o a lomo de llama, y cuando no se pone a leer inexistentes letreros o a jugar a descifrar letreros en idiomas para él desconocidos es un excelente chofer.

Ojalá que los ocho días que faltan vuelen como ráfaga de viento, pero de viento del sur del Sur, para que pueda llegar pronto a nosotros. ¡Hasta mañana mis dos amores! Duerman mucho y descansen bien.

¡Ah, no!, no trajo los pañales, quizás por lo que llevaba mucho tiempo viviendo afuera y hoy estaba convencido de que en nuestro querido continente hasta los pañales pululaban.

Mi niña, mi niño:

Hoy es domingo. Hizo un día muy hermoso de sol y cielo azul. Lamentablemente mamita no pudo sacarte a pasear. Pero en cambio te contó historias del papito que quizás (y, ¡cómo la certeza abandona mi corazón!), quizás el próximo domingo ya estará aquí con nosotras, nosotros, y estoy comenzando a darme cuenta de que los vientos del Sur, los de los bosques salvajes de tu padre soplan en cualquier dirección y el que soplen más fuerte no quiere decir que ayuden a derribar las barreras y cadenas.

Será el domingo más feliz en mucho tiempo, como aquel en que extasiados en Venecia, no pudiendo llegar a tiempo al vaporetto, nos perdimos entre sus callejuelas, un beso bajo un balcón, un abrazo bajo un puente, ¡y qué puente!, digno de tal beso, y el amor jugueteando urgido entre nuestras piernas y la Pensione Da Nino que no aparecía, y el papi con su mejor acento italiano que preguntaba el camino. Ecco!, ecco!, repetía sin cesar haciendo un gran gesto de manos que el más puro italiano reconoce como sangre de su sangre.

Y el cura que se ofreció a ayudarnos a encontrar el camino le preguntó sonriente *lei è romano*? El papi, con su más amable sonrisa le respondió puliendo aún más su gesto de manos y su acento: *no, sono chileno*! Y su risa se perdió por las calles de Venecia mientras se alejaba cantando Bandiera rosa en dirección a la Piazza del Popolo desde cuyos muros un afiche le sonreía.

Y al día siguiente nos despertó el vaporetto de donde desembarcaban los tomates, las uvas y los higos que nos servirían más tarde al desayuno, y junto al papi abandonamos la Pensione Tintoretto, culta pensión que nos vendieron en París y que a decir verdad llevaba el nombre del gordito que cocinaba, el mago de las pizzas, Nino, ahí a treinta pasos del embarcadero, ahí, cerca del Cad'oro. Y al asaltarnos la Piazza de San Marcos caímos sentados de admiración, e hijo mío, hija mía, cuando vayas a la Piazza de San Marcos, nunca, pero nunca caigas sentada de admiración en la tercera grada que conduce a la iglesia o terminarás como tu madre cubierta de caca de palomas, ¡simpáticas palomas venecianas!

Y al regresar a la Pensione da Nino a cambiarme mi hermoso vestido blanco el gordito nos sonrió y me dijo *ah, hanno trovato la Piazza di San Marcos!* y tras aprovechar el cambio de vestido tú y Gabriel Marius o tú y Melina corriendo de la mano para llegar los primeros a la góndola, ahí, en el Cad'oro, que les llevaría a recorrer el sueño de sus padres.

Mi amor, mi diminuta estrella que creces en mi firmamento, pequeño firmamento para tan grande estrella, según el doctor. Hace varios días que no logro perdernos en nuestros juegos, tanto es el trabajo, tantas las angustias. ¿No te dije ya que esperanza se hace cada vez más espera? y no tengo derecho a angustiarme no sea que tus vasos no se vuelvan azules; y tu teatro, tu teatro te espera de esperanza en la Cordillera.

Espero no olvides los pueblos fijados en la inmensidad de la selva por una estrecha y serpenteante carretera para que no se los lleve el tiempo interminable, los pueblos nunca visitados y por nosotras descubiertos desde el avión en nuestro viaje a la ciudad que te acogerá: Cali, ciudad de flores, de sol, de casas antiguas estiladas a lo largo de largas calles que atraviesan paralelas el pueblo, ciudad del tiempo detenido avanzando en el sueño.

Sí obstetra, la ciudad de las flores me escogió y las palmeras me llamaban con sus brazos. Sí obstetra, como le decía, las palmeras están así... pululan, pululan, pululan. ¿Las clínicas? ¡Ah!, eso es otra cosa. Y el momento que se acerca y tu padre perdido por la Cordillera. Y sobre las olas se acercaba la que sería tu cuna, tu refugio y tu casa durante tu primer año de vida: el auto que tu padre embarcara en Amberes, por lo que no recordaba si entre las ciudades y los sueños los buses pululaban, pululaban, pululaban. Y las bolitas de nube juguetonas, escondiéndose de ti y de mí; y tú y yo en medio del vacío perdidos, buscando a papá entre las gotas de lluvia, envuelto en nimbos, en un rayo de sol que se coló entre dos hebras de camino, ese que serpenteaba entre los pueblos.

Y al final, derramándose en el valle, Cali, esperándonos. Y en Cali, una casa antigua, una señora clara hormiga con su niñito y como de cos-

77

tumbre, alerta para defenderte y ayudarme a quererte y a cuidarte, la Tita, la Tita y el teatro que nos esperaban para comenzar por fin nuestros ensayos.

Y tu padre en las nubes, y nunca escucha y contesta cualquier cosa pensando en otra y no presta atención y un sí significa no, y un no quizás y el silencio es sí y ya estaba soñando y un día alguien le dijo "si llegara a faltar una actriz mi hermana estará en Colombia en la misma época que nosotros, va a filmar una película con un tal Buendía", y tu padre pensando en un fusilamiento dijo, que pase a visitarnos, y claro... lo fusilaron.

Así llegaron a Colombia Muriel, y su sonrisa, y su frágil cuerpo, y un par de anteojos, último grito de la moda en París y que ocultaban vaya uno a saber qué, y ella, su hermana, la fusilada por Buendía.

Horror, hasta tú te revolcaste. Si ni siquiera las balas de Aureliano entraban. Lo que tu padre tantas veces nos repitió: tiene que llegar el día en que puedan caminar ustedes por un lado y el texto por otro y ambos juntarse en el placer de nuestro público. Y ella, la inmovilidad, el placer inmóvil y el texto, el texto escapando por las ardientes callejuelas del trópico, y yo, y mi barriga y tú, con paciencia impaciente repetíamos, y nada.

Y la fecha del estreno se acercaba y tú querías salir a ver, y tu padre perdido en la Cordillera y en sus sueños y nosotras, nosotras en la mierda. Perdona, no se dice, nunca lo repitas, pero de que lo estábamos, lo estábamos, y hasta más allá del cogote.

Y cual lo hiciera tu padre en el Gérard Philipe construimos una pirámide en guaduas, él la construyó de palitos cartesianos, nosotras en el trópico con gruesas y generosas guaduas y junto a la Tita, siguiendo sus consejos, tratábamos inútilmente de darle belleza y movimiento a un elefante paralítico.

Y yo, ingenua, con mi barriga enorme me apoyaba en una guadua y trataba de explicarle que una ... puu... (no me gusta ese término pero a veces...) usa la guadua para excitar, para excitarse, para provocar, para insinuar el placer, para atraer al cliente y no para aplastarla miserablemente. Pero claro, estaba claro que la hermana de Muriel... el famoso script de Hollywood, la famosa película con el Buendía... ¡jamás! Y hasta tú en tu inocencia, sin salir aún a caminar por el mundo te parabas provocativa en mi barriga apoyada en el ombligo, ¡oh mi consumada actriz! Pero Annie...

Con decirte que hasta el hijo de doña Clarita aprendió a decir puta antes que ella y por su culpa casi nos echan de la casa y para calmar las cosas mandamos a Laziz a fotografiar monos a la selva, a Freddy a la selva ecuatoriana de donde nunca más volvió y tuvimos que comenzar a enseñarle el burdel y la cárcel a otro actor.

Para suerte nuestra cuando le tocó al argentino, ya tu padre había llegado y ese lío le pertenece. Y Germán, cariñosamente El enano, quien nos acompañó en el final de la gira, ya había comenzado a caminar desde Cartago hacia nuestro encuentro.

Pero con la hermana de Muriel no había caso, salió paralela. No podía imaginarse la pirámide, pero ¡qué se la iba a imaginar si salió paralela! Nada le cruzaba, ni una miserable imagen le cruzaba. El vacío paralelo llenaba su cerebro. Y sin embargo, como dice tu padre, los dioses del teatro existen y cuando yo ya me encontraba al borde de la histeria él llegó y me repitió no te preocupes mi amor, los dioses del teatro existen. Y rápidamente cambió el movimiento del personaje y la hizo moverse de paso firme y paralelo por el vacío y le pintó un *oui* en el seno izquierdo volviendo exótica a la bestia. Si hasta Laziz cuando regresó de la selva comenzó a gritar como lo hacía en el desierto y Muriel, que se había colombianizado, guardó el machete con el que quería cortarla en pedacitos y Jacques, arriesgando su vida, se arriesgó y Muriel volvió a afilar el machete y ante el peligro le dijimos: "Jacques, ¿qué prefieres, perderte en la Cordillera, enfrentarte a la falta de caminos, los precipicios, las arenas movedizas, los militares, los narcos y sendero luminoso o un cartesiano y delicado brazo levantando el machete?"

Así fue como Jacques conoció la Argentina y sonriendo subió junto a tu padre al camión de Los Comediantes. Muriel lo alcanzaría en Puno. Y así fue como Muriel conoció las alturas del Machu Pichu.

Y tú, cuidado, cuidado que todavía no estás lista, espera, no salgas, tenemos que esperar al papi. Y al libro, *madame*, como que le falta un capítulo por lo que aunque sí es cierto que al escuchar la música el bebé siente, si al escuchar la música le añade el que hay que armar la pirámide, hacer el sonido y soplar el parlamento el bebé no sólamente siente sino que se transforma en director de orquesta, pero de esos directores que la lloran, que la ríen que la viven. Y hablo de la música y no de cuando reemplazando a tu padre caminabas de paso de macho en mi barriga para, esquisando un paso de tango, querer entrar al baile del prostíbulo y yo cerrando mis piernas, cuidado, cuidado que todavía no estás listo, espera, no salgas, tenemos que esperar al papi. Y al libro, al libro como que le falta un capítulo, *madame*: al libro francés le faltan mis raíces.

Querido bebé:

Otra vez escuchas la música de la obra y logras reconocerla de inmediato, el carnaval, el cha-cha-cha, y te dejas arrullar por las notas de *Sur le pont d'Avignon* o por *La Mère Michèle* o con Carmen cruzas el sueño y regresas a los brazos de tu padre.

Hace unos días, justo cuando cumpliste los nueve meses, chao, nos vemos en un mes me dijo tu padre hace un siglo, y las autopistas pululan, pululan... y por ahí andan con Jacques y el machete de Muriel abriendo trocha para pasar y ya les habían quitado hasta el último desodorante, y apenas comían.

El agua, el agua alcanzaba apenas para beber, alimenticia el agua *madame*, llena de amebas, y el último jabón se lo llevó la Tita junto a los últimos dólares y se los comieron en la penúltima frontera, el jabón los ratones, los dólares los militares y yo estaba sola, me quedé sola con mi pirámide de guaduas y ¡el bodrio de Annie!, y podía hacer la música y de puta y de macho, pero tampoco hay que exagerar.

En la página ..., bueno, en una de las páginas del libro dice que una tiene que descansar, y yo tenía miedo y por ti no tengo derecho a tener miedo. No salgas y contemos en semanas y contemos en días y contemos en meses y contemos en deseos y contemos en sueños y sigue contando, por favor, sigue contando hasta que el papi llegue. Del miedo que sentía no te cuento, es imposible, es casi un miedo paralelo, jamás se toca, jamás termina.

Tus movimientos y danzas, de alocadas y alegres improvisaciones, se han vuelto perezosos y estilizadamente clásicos punteos. No se atreven a romper el acorde, como si caminaras por un mar de sueños, como si intentaras, navegante incansable, prepararte para el viaje más importante de tu existencia.

Tu noveno mes, sé que es el momento de adornarte, el momento de hacerte bella en mis jugos, moderna Popea. Y mis senos se hinchan y me duelen y me recuerdan que el momento está próximo. Hace cinco meses en París el papi, tú y yo nos confundíamos en un abrazo y nos esperanzábamos incrédulamente pensando, ¡un mes pasa volando! Pero un mes fue largo, casi tan largo y tan doloroso como el Mapocho en los comienzos del Gran Eclipse.

Cinco meses, cinco meses han sido casi tan largos y tan dolorosos como la Panamericana, que une y separa suspendida en los sueños de aquellos que sueñan con anchas y generosas avenidas por donde pasará el sueño y la canción y el amor, nuestro amor, y una enorme bandera sin escudo, y un pasaporte de suspiros por lo que no existirán las barreras, y junto a ellos, los desaparecidos de la tierra, tú, yo, tu padre, luchando contra los que egoístamente defienden las barreras y pretenden destruir el sueño, el sueño y a los soñadores.

Mi querido bebé:

¡Qué alegría haber podido escuchar hoy la voz del papi! Estaba muy bien, lo que me puso feliz. Sé que a ti también. Tienes que esperarlo, mi amor. ¿Me prometes que lo harás? Lo único triste es que pasaremos otro domingo, otro lunes, otro martes, otro miércoles y quizás otro jueves sin él, sin él para acariciarnos, sin él para confortarnos, sin él para recostar nuestro fatigado cuerpo y dejarnos mecer en brazos del amor al ritmo de su respiración tranquila. Es terrible esta espera, tú y yo aquí solitos.

La señora Clara vino por un rato a acompañarme, aunque a decir verdad prefiero estar sola en tu compañía. No se preocupe, niña, me dijo. Aquí tengo el teléfono de un taxista amigo que se ofreció a prestar sus servicios para cuando llegue el momento. El hospital no hay que reservarlo pues allí una llega y al nacer el niño lo toma en sus brazos y sigue andando, así que siempre hay cupo, pero yo conozco a uno de los enfermeros y por un par de pesos que aquí tengo reservados, (y mientras me decía esto desa- taba un colorido pañuelo en el que arrugados guardaba con celo y amor unos cuantos pesos) la dejará reposar un par de horas en la camilla. El único problema que aún faltaba por resolver era el de las sábanas, pero ya esta tarde estuve en el Monte de piedad y recuperé las sábanas blancas que durante años...

La señora Clara bajó entre avergonzada, tímida y llorosa los ojos y yo pude leer en su silencio el fin de su pensamiento: las blancas sábanas que durante años había guardado para el supremo momento en que enamorada se entregara a la vida, se entregara al amor.

Bueno, continuó perdida a mil recuerdos, a mil pasadas por el corazón de distancia, lo importante es que ya también tenemos las sábanas y también tenemos los dos mil pesos del doctor y todavía nos queda para comprar un pollito y hacer un caldo enjundioso para la parturienta y ojalá no pase nada, ojalá, por lo que las medicinas esas se pagan a parte. Pero no se me asuste, así los tienen desde que tengo memoria y siguen saliendo de las madres para poblar las calles, y seguirán saliendo por lo que el amor no se detiene. Y por fin, para hermosa ocasión, por fin liberé mis sábanas y libres subirán hasta la vida rociando el pensamiento de bolitas de naftalina. Las sábanas, las blancas sábanas vírgenes por lo que las sábanas almidonadas por los jugos del amor esas continúan rechinando en los lechos que despiertan las noches a la vida.

Y diciendo esto me abrazó y las dos lloramos, yo de amor por ti, ella, nunca lo sabré, querida y misteriosa señora Clarita.

Mañana será el día de las madres y el hijo de la señora Clarita cortaba flores de mango en el jardín, flores de amor para aquella que nunca fue madre, aquella que recibió regalo de amor, aquella que se tiñó su blanco pelo para disimular el paso de los siglos y que cuando el oficial del registro civil se atrevió a sospechar que el fruto no era suyo lo clavó de digna mirada exclamando: cómo, ¿acaso una no tiene derecho a tropezar en esta vida?, y de voz firme añadió, coloque mis apellidos, el del padre desapareció antes que el escalofrío.

Y así fue como doña Clarita fue madre y las sábanas partieron al Monte de piedad. Y así fue como comenzó a ser venerada por sus vecinos.

Tú, tú aún no puedes cortarme flores, pero me traerás su aroma, el de ellas, el del papi. Yo te contaré un cuento muy especial y te cantaré canciones muy hermosas sobre un lobo de mar que por perder perspectiva, que por no saber que por estos lares los piratas y corsarios todavía pululan, pululan, pululan, aún no llega a puerto, y nosotros que ahora lo sabemos, no podemos sino esperar. Hasta mañana, mi amor. Duerme bien, que descanses, te quiero, y un gran beso te envía el papi, perdido quién sabe en qué pantano, en qué sueño, en qué frontera, perdido en mis brazos y en mi amor.

Mi burbujita de espuma
rosada, celeste, color de miel
ya con menos espacio para estallar en sol.
Ahora es otra la clave
cadenciosa y cautelosa
partitura cerrada
cíclico movimiento
allegro, allegretto, andante
sólo ha variado el tempo.
Mi amanecer de espuma,
nota sonora.
Espero ya con ansias
de pájaro en vuelo
tu agudo grito dulce
al entrar en tu tempo.

Y al igual que el amor, me es difícil saber
en qué momento cambió el tempo, en qué momento
despertó el amor. No, ese momento lo sé, pero no
me queda claro en qué momento pasó a pasión, sé
en que momento viniste a mí, pero no sé cuál es el
alimento secreto que te hace cambiar el movimiento; y el libro... no es ese alimento al que me
refiero, no es al amor en recetario, no es a la vida
programada, es a la explosión del universo para
comenzar de nuevo, cíclico movimiento, espuma
dorada, miel de atardecer que dorará mi amor.

Tesoro mío:

Me ha despertado tu impaciencia por estirarte, por estar a mi lado y no en mí, por tocar este mundo con ojos, manos y alas propias, por poder algún día escuchar a tu papá querido y tenerlo a tu lado, y tirarle de las barbas, y descansar sobre su pecho. No desesperes, hijo mío, hija mía porque yo tampoco tengo derecho a desesperarme. Se acerca el momento, sin embargo la espera sigue prolóngandose por encima de la esperanza, perdiéndose más allá del horizonte, tratando tímida, por temor a romper el frágil hilo entre el ser y la vida, de llegar a tu padre a decirle, sin asustarlo, que se dé prisa, que el tiempo pasa, que lo necesitamos más que nunca.

Mientras tanto el tiempo sin pena avanza. Yo cuento mis semanas y en espiral de muerte y desencanto van cayendo las fechas de la gira en Colombia. Y en letanía de muerte caen Manizales y Medellín, y en agónica espera, se encuentra Cali, y Enrique Buenaventura, hombre de teatro, de buen teatro, y por lo tanto humano, querido Enrique... preocupado por "este lío" -que no eres sino tú- y por tu padre, perdido por caminos que él sabe peligrosos y tratando de entender b del camión, el equipo de luces y sonido, la pirámide. Quizás fuiste tú Enrique, quien único entendió esta locura de amor, porque también conoces la pasión.

Hijo, hija, tengo miedo, no de traerte a este mundo, eres fruto de amor y te adoramos. Tengo miedo de que el papi no alcance a llegar a estar con nosotros, con nosotras y de que nos hayamos negado nosotros mismos sin saberlo, sin sospecharlo, sin quererlo ese derecho, el derecho que tienes de ser recibido en nuestro amor, por nuestro amor, con todo nuestro amor. Sé que para otras personas esto ha carecido por los siglos y los siglos de toda importancia. No para mí, no para el papi, y me da rabia, y no tengo derecho a enojarme, y empiezo a aborrecer, a pesar mío, a América Latina y sus caminos no caminos, y a sus aduanas, y más que nunca a sus militares.

Y las palabras del tío Roberto allá en París vienen a mi mente y se deslizan a mi corazón: "¿ustedes están locos, partir así, sin saber dónde y en qué condiciones nacerá la guagua?" Y tu padre y yo con la ingenuidad del que aún no es padre, con la ilusión del que regresa al sueño agrandado y sublimado en la lejanía dejábamos resbalar sus palabras por nuestros oídos, por nuestros corazones, por nuestras mentes sin permitir que ellas empañaran el sueño y oscurecieran el pensamiento.

Ahora, aquí en Cali, cinco meses más tarde me doy cuenta de que el oído y la memoria pueden quizás dejar resbalar, no así el corazón. Y lo que ni siquiera creía haber registrado me golpea la cabeza tratando de salir y siento miedo y tengo rabia y no tengo derecho a sentir miedo ni a tener rabia. Te quiero, mi amor, no sabes cuánto te quiero. ¿Tu papi? Claro que también te quiere, ¿o no lo has visto cómo aún manejando día y noche por la prisa de llegar se detiene a la orilla del camino para soplarte un beso desde la contemplación del atardecer?

Mi bebé, mi vida, mi todo:

¡Cuánto te agradezco que me escuches, que me entiendas, que te quedes así, quietecito, recostado en mi vientre! Es poco lo que puedo hacer para recompensar tu paciencia, tu nada pedir aunque merezcas todo. Necesito que sepas que si a veces no puedo esconder la tristeza no es culpa tuya, de ninguna manera. Yo te adoro y es maravilloso escuchar tu corazoncito galopar contento al escuchar la música de Carmen o al quedarte quedito cuando el papi nos habla por teléfono, pero sería más hermoso si el papi pudiera escucharlo también. Espera, por favor, espera. Ya llegará tu tiempo.

Estoy en la última vuelta del tejido de la sabanilla que quiero te envuelva. Está quedando hermosa, bordada con mi amor y tu paciencia, comenzada en Bogotá con la rapidez y la desesperación del que teme no llegar a tiempo, continuada aquí en Cali con la tristeza y lentitud del que quiere prolongar eternamente los últimos momentos del dolor, de la espera antes del amor, de la explosión, de la creación de un nuevo mundo, antes de dar vida a un nuevo sueño. Y noche a noche, de ti acompañada, miro el cuarto de filo que queda por cerrar y los dedos se niegan a hacer cantar la aguja y la aguja se niega a enredarse en el hilo y yo me niego a cerrar los ojos de temor a que llegues. Y no quiero tener que enfrentar tu carita, tu mirada, tus preguntas si tuviera que recibirte sola y explicarte que tu padre está, tu padre... en alguna parte de la cordillera perdido en sus sueños las manos levantadas tocando el cielo y su corazón mirando, sin entender, de grandes ojos abiertos el cañón de otro fusil.

Mi amor, sé que para ti esta espera también ha sido difícil. Tal vez soy egoísta al pensar que lo ha sido más para mí que para nadie, como si no supiera del sufrimiento del papi cuando el camión, también cansado, se niega a obedecer las órdenes de su asustado pie y sigue resbalando como sobre aceite ya sea en una cuesta, cuando el puente no resiste más de tres toneladas y el camión pesa diecinueve, o cuando tiene que detenerse o levantar las manos en otra frontera y ya no le queda nada para entregar y el tiempo pasa y nosotros estamos solos y a él que no le es posible ir más de prisa.Pero no ha sido fácil, no es fácil estar atento a cuidarse, a descansar, a comer balanceado y a sus horas, como dice el libro. Huele a lentejas... odio las lentejas, nunca soporté comer lentejas, pero el libro dice que el hierro es necesario... y huele a lentejas y por ti cierro los ojos y adoro las lentejas.

Y las pasas, las pasas son buenas para la memoria, y tu padre come pasas pero las come con manjar blanco y el manjar blanco es bueno para el olvido y come pasas, come pasas, come pasas y dile a tu padre que se apresure. Afortunadamente me gustan mucho las pasas y aquí las pasas pululan, pululan, pululan; a decir verdad después de estos meses terribles creo que debí haberlas acompañado con manjar blanco.

Y ahora no es sólo la espera sino también la falta de noticias de tu padre, y ya las pasas se me acaban, las lentejas se me acaban, la paciencia se me acaba y tu tiempo se te acaba y no tengo derecho, no tienes derecho. Mmmm..., huele a lentejas, a lentejas y a tomates, a tomates y a las banderas rojas desplegándose en la cordillera y las marchas resonando por sobre los precipicios y los puños levantándose nuevamente para marchar, marchar sujetando las banderas rojas, resonando los himnos en mis oídos y resuenan en nuestros oídos los primeros pasos al amanecer, rojo amanecer de un primero de mayo en la ciudad de Armenia y otra presentación se fue a las pailas cual chiringa que se fue a juste, y otra semana que pasa, y otra fecha combativa y a tu padre, tu padre el director combatiente, lo detuvo la paz, La Paz y en vez de armar la pirámide en Armenia desfilaba de firme paso enredado en las calles de La Paz, su paz, La Paz en Bolivia, y yo, y el libro y nos vemos en un mes, y faltan nueve días, y la primera presentación sería el primero de mayo en Armenia, y tu padre y las barreras y los militares y La Paz y las pasas y el manjar blanco y tú y las marchas y el futuro y yo ya había presentado el sueño a quien corresponda por lo que nunca supe a quién se presenta un sueño.

Y así, soñadora de esperanza, soñaba una mañana del mes de septiembre hace ya un año cuando al grito de *ça y est, on rentre!* todo París nos decía adiós.

Sí, es cierto, estas palabras hoy tienen sabor a cartón, pero cuántas esperanzas cobijaron, cúantos sueños forjaron en su momento. Esos eran tiempos de soñar, y soñamos. Tu papi, yo y tantos millones en todos los rincones del mundo soñamos a fondo. Y hasta Mafalda, la niña que tanto te divierte en tu apertura a la vida, al mundo y a la historia soñó junto a nosotros, creyó con nosotros, esperó con nosotros porque teníamos todas las razones del mundo para soñar, para creer, para esperar.

mayo de 1995

Sí, casi diez años han pasado y se cierra un ciclo, un ciclo de sueños y más que de sueños de esperanza, esperanza que se crecía, se embellecía cuan más larga era la espera. Y de repente todo se fue viniendo abajo, el mundo se nos vino encima y los que no supieron seguir avanzando se quedaron... se quedaron vagando en infinitas ruinas y por un momento me quedé con los ojos y el alma vacíos de sueños para entregarte, y con el papi nos preguntábamos cuáles serían tus sueños, Melina, los tuyos y los de tu hermanito Alejandro. Y tú, con tu reflexivo juicio soñador, desde tus sueños me contestaste: mami, a nosotros nos toca reinventar el mundo.

¡Gracias hija!

Y por eso, aunque ahora suenen a cartón piedra, quiero de todos modos entregarte parte de lo que fueron nuestros sueños.

A quien corresponda:

Después de casi once años de dictadura militar el pueblo se desborda en las calles exigiendo la partida del general Pinochet a voz de *el pueblo unido, jamás será vencido,* y de *venceremos,* gritos de guerra acuñados con sangre los mismos once años atrás.

Mientras en París un grupo de teatro: el *Teatro de la Resistencia-Chile,* convertido por razones obvias en *NuevoTeatro los Comediantes,* grupo que por diez años luchó por mantener viva la expresión de un teatro popular latinoamericano cortado transitoriamente de sus raíces naturales disfrutaba el triunfo de su más reciente campaña: ganar el derecho a vivir y trabajar en su país, y causaba desconcierto entre los incrédulos a la voz de ¡listo, regresamos!

Ça y est, on rentre! unido a la palomita, bandera y mano de esperanza que diseñara nuestro amigo Pepe Balmes, la sonriente palomita que acompañó al TRCH en todas sus campañas se convirtió en lema de la gira por el regreso que durante once meses realizó el ya Nuevo teatro los Comediantes para preparar su retorno definitivo a la patria. Hoy, al fin, luego de mil contratiempos, el NTLC se prepara par el reencuentro con su público. Una gira que en el camino se volvió continental, y de esto conoce el grupo, (en el exilio la patria se crece) y que comenzará el primero de mayo en Colombia, día significativo, con una función para el sindicato de educadores de la ciudad de Armenia.

Luego de Colombia vendrá el descenso hacia el sur: Ecuador, Perú, Bolivia, Uruguay, Argentina, el ascenso a la realización del sueño, esperando que en el descenso se abran, si no las grandes avenidas, al menos una modesta y hermosa calle de tierra a nuestro grupo y a su director.

La lucha del pueblo chileno contra la dictadura no ha terminado. El pueblo sigue oprimido, pero en las calles. Tampoco la del NTLC. Con las fuertes lluvias de septiembre y su campaña marchando adelante en Europa, era evidente que no se le permitiría unirse a batallar con su arte a las multitudes que llenan las calles y avenidas por cuanto los estrechos caminos de la cordillera no permiten el glorioso avance del camión y le cierran el paso a su director.

Pero conociéndolos, como conocemos al invencible pueblo chileno, la lucha no se detendrá y el camión tampoco. *Venceremos* se escuchaba a cada cambio que pasaba y desde ambos lados de la cordillera, algún día, el pueblo, al interior y al exterior, confundidos proclamarán jubilosos la victoria sobre el fascismo.

Y hoy, quince días después del 1ero. de mayo, como el camión no llegó no pudimos asegurar la victoriosa y triunfante presentación de Armenia en este simbólico día y..., y tú, por favor, no comiences a marchar hacia el futuro antes de tiempo, aguarda, no salgas, todavía no es el tiempo, y tu padre no ha llegado y ni siquiera sé dónde se encuentra.

Mi amor:

Ya son muchos días sin noticias del papi. Sentados pasamos las horas en constante vigilancia del teléfono pensando que si estamos esperando frente a él escucharemos el ansiado y temido timbre y del otro lado la esperada voz del papi diciéndonos... diciéndonos quién sabe qué, ya no me atrevo a esperar nada, ya no me atrevo a decirte nada, a ilusionarme con nada temiendo ser ave de mal agüero.

Ayer vimos al obstetra, el de aquí, y me dijo que ya estabas listo para venir. Pero, ¿cómo?, le pregunté entre feliz y angustiada. Según el libro me faltan dos semanas y hasta más y según los cálculos hechos a partir del libro tú tendrías que nacer en los alrededores del 4 de junio y estamos a mediados de mayo. Y el papi no ha llegado y será mejor que me calme y que descanse, por lo que ni siquiera estoy segura de que llegue para el 4.

¡Que me calme y que descanse!, dice el libro, pues en el momento del paso del agua al aire, de las aguas al mimbre, se requiere estar fuerte y descansada y yo te espero con todo mi amor, con el inmenso amor que tu padre y yo hemos tejido para adorarte, para protegerte, para mimarte, y...

Comienza a oscurecer el viernes y de tanto mirar el teléfono se me han nublado los ojos y creo ver llegar al papi desde la profundidad de la distancia, pero es un sueño. Bajando de la luz desde una nube de polvo del camino, surgiendo como del ojo de un huracán sale una inmensa montaña blanca que se detiene en la calle frente a la entrada de nuestra casa, la casa que ha albergado nuestros sueños y nuestra espera este último tiempo, lluvia de segundos interminables, selva de minutos eternos, tiempo suspendido en el límite del sueño y la pesadilla. Nosotros salimos del sueño y a su en-

101

cuentro. La montaña se abrió entre el polvo y los olores o más que olores, hedores, vomitando seres casi salidos del vientre de siglos y entre esos seres, encabezando el cortejo venía él, él sí reconocible, el papi. Sólo otra vez lo vi así, cuando casi lo asesinan durante la creación de su obra *El huevo de Colón o coca-cola les ofrece un viaje de ensueños por América Latina*, casi radiografía, pelo más largo que de costumbre, frente más despejada que de costumbre, la sonrisa, esa sonrisa inconfundible de ojos y labios que siempre perturbó mi sueño y mi recuerdo desde aquella fiesta en septiembre, sonrisa que me hace temblar de deseo, esa sonrisa más sonrisa que de costumbre, el caminar pausado, y sin estar segura de si era realidad o hermoso sueño corrimos a su encuentro, casi sin aliento, caminando a cinco centímetros del suelo temiendo que se rompiera el encanto del momento y nos encontráramos otra vez solos, solas tú y yo, hijo, hija mía.

Pero esta vez sí los dioses del teatro habían escuchado mis repetidos ruegos y el enorme camión dio la vuelta por la estrecha calle y de frente avanzó hacia nosotras, el papi estaba ahí, el aire se escapó cual suspiro y el camión se detuvo. El papi estaba ahí, abrió la puerta del enorme camión, y bajó.

Sucio, olía, cojeaba, el pelo parecía multicolor fresco de multicolor tierra por la que cruzó, dos zapatillas enormes, cayéndose a pedazos completaban su vestimenta, ¿vestimenta? que comenzaba por un trapo de alpahaca en el cual creí reconocer la hermosa bufanda parisina, y ahí aprendí que de las bufandas una sí se despide, agujereado el trapo, se había comido la bufanda en cada curva, en cada levantar de manos, en cada deseo y al parecer no dejó de desearme.

La cosa que seguía a la altura del pecho era como una sucesión de agujeros, pero diferentes a los de la bufanda, medio negra, medio café, y por la punta chueca... la punta chueca con la que paseábamos nuestro amor en Epidaurus la reconocí, era la camiseta que compramos en Roma. Tenía ante mis ojos los restos de Europa devastada por la guerra. ¡Horror!, el resto nadaba en unos shorts que imaginé eran sus shorts de conquistador, medias ya no usaba y en su lugar, en uno de los pies, una inmunda venda vestía el tobillo hinchado. El hermoso todo estaba coronado por su sonrisa, su sonrisa que olía a amor y pese al mal olor el olor a amor surgía triunfante, sonriente, y me abrazaba y me cubría y te abrazaba y te pedía perdón por lo que en América Latina... pululan, pululan.

Y mi hermosa bata blanca quedó para las pailas y mi pelo se impregnó y tú por primera vez sentiste a tu padre por lo que por sobre el olor surgió su sonrisa, y sonreía, y hasta las palmeras sonriendo taparon disimuladamente sus narices y tú, te sentí, también tapaste tu hermosa naricilla

*****

como la taparía graciosamente Alejandro al hacer cantar sus dedos sobre el teclado una pieza del período romántico,

*****

y si no escalaste mi ser es por lo que ya le guiñabas un ojo a la vida.

El camión sorprendido de pisar de seis ruedas, dejó escapar otro suspiro y arrojó de su vientre algo que debía ser el copiloto. Jacques, más te hubiera valido enfrentar el machete enarbolado por delicado brazo parisino. El montón de mugre también cojeaba, pero cojeaba del lado contrario de tu padre y sonriente repetía: *ça alors!*

Tras los lentes ahumados creí reconocer la hermana de la fusilada, sí, los lentes, la última moda parisina, surgían modernos, altivos, modelando el polvo acumulado. Y sonriente el camión arrojó la última sonrisa, blancos dientes surgiendo del barro tu Tita, tu Tita cuya voz reconociste y desde mi vientre le contestabas, bien, bien, un poco inquieta, no importa, ya compraremos otro jabón, un día te compraré otro jabón francés y te lo llevaré en una hermosa caja, hermosa como las cajas en que empacaste los sueños para alimentar mi vida.

Enrique miraba desde la esquina, sonreía y repetía: "¡vaya lío!" y el lío eras tú y faltaban horas y el país estaba, la ciudad estaba pero la clínica, la clínica ésa no estaba, *madame*. Lo sé, es quizás por lo que el libro está en francés y usted ya comienza a saberlo, en América Latina como que se le perdió un capítulo al libro.

Pero al verlo a él, a tu padre, sonreí y dándote una palmadita te hice entrar nuevamente a mi ser y me dije y te dije: espera, no te preocupes, tú sabes... y sonreí llena de amor.

Laziz, contento, tomaba fotos de la escena, pero el también sonriente cuerpo de la cámara estaba abierto y dejaba ver sus entrañas vacías. Querido Laziz, habías pasado demasiado tiempo en la selva colombiana.

Mi bebito esperado, gruta secreta del amor origen de la vida donde se perderá el último unicornio, tú una u otro. Los días que siguieron a la llegada del papi tú mejor que nadie los conoces porque tú mejor que nadie los has sentido y los has disfrutado. Han sido días de amor, de ternura, de entrega, de pasión y fuego atravesando como flecha la soledad de siglos, y tú ahí, presente, para recordarnos que por ese amor existes.

Nuestros soliloquios son compartidos con quien hasta hace unos días, desde hacía cinco interminables meses atrás, sólo conversábamos a través de las puestas de sol, de las llamas que gentilmente se ofrecían a llevar el mensaje, de los amaneceres que nos traían la esperanza del reencuentro. Y el papi nos probó una vez más tener razón: en la vida, como en el teatro, cuando el amor puebla la escena, cuando se sabe estar viviendo o transmitiendo el sueño es imposible no pisar a cinco centímetros del suelo. Y así caminábamos tú, el papi y yo por las calurosas tardes y los frescos atardeceres de Cali.

Con el papi aprendimos a conocer el camión, a quererlo, a sentirlo y saberlo parte de nuestro mundo. Abrimos las puertas selladas por el polvo que celosamente guardaron y protegieron los sueños del papi, mis sueños, tus sueños del paso por la pesadilla.

La Casa de la Amistad con los Pueblos nos abrió los brazos y allí, con la hermosa pirámide reemplazando la humilde pirámide de guaduas comenzamos los ensayos para dar por fin comienzo a la gira con casi un mes de retraso mientras nos preparábamos para el grandioso momento en que todos, nuestro público de siempre del que llevábamos tantos años cortados, y nosotros, latinoamericanos por siempre, pero llevando los matices del que ha crecido y se ha enriquecido lejos confrontarían sus sueños y su mundo. ¿Enrique?, Enrique, creador de vida en escena nos observaba preparar su sala con el orgullo de aquel que se siente partícipe, y entre ensayo y montaje se acordó de que su hermano era cardiólogo y que tenía una clínica, la mejor y más moderna clínica de Cali. Y que si bien es cierto un cardiólogo no es un obstetra, el corazón es el comienzo de la vida y el representante del amor y "¡qué vaina!" Tú serías recibido, recibida en los brazos del amor. *Et oui madame!,* un día antes del día teníamos reservada la clínica. Como le habíamos dicho a la obstetra en Francia, las clínicas en América Latina pululan, pululan, pululan. Por el obstetra y por el pediatra no me pregunte. Esos todavía no los tenemos.

Hoy ha hecho un hermoso día. El papi y yo hemos salido a caminar, te recuerdo que eso es muy importante para cuando llegue el momento de tu llegada. El libro lo explica con todo detalle, se necesita una combinación de descanso y de ejercicio pues ambos permitirán que los músculos se relajen y flexibilicen para hacer más soleado y menos doloroso tu despertar a la vida.

Ha llegado el momento de comenzar el ensayo. Con el papi, la Tita, Jacques y Muriel aquí de vuelta no necesitamos reemplazar a nadie. Estoy un poco triste pues no podemos actuar y para colmo de males es la fusilada quien me reemplaza. Yo siento cómo sufres tú de rabia al verla dar muerte a mis personajes. Es increíble el dolor que se siente cuando ves que algo que has concebido con amor y alimentado con tus sueños, con tus sentimientos, con tus recuerdos, con tus pensamientos es pulverizado por la insensibilidad más absoluta. Son mis personajes, míos; pero no hablemos de eso, ahora nuestro rol es hacer el sonido. Quédate quietecito, yo sé que reconoces cada gesto, cada parlamento, cada nota. Sé que ahora con el anuncio de la Tita

introduciendo a Cristóbal, Cristóbal Colóóón... tenemos que lanzar la música de Carmen, pero, ¿qué
te sucede, mi amor? Tengo miedo, es la primera
vez y no sé qué quieres indicarme, y en el libro se
hablaba de parto sin dolor y yo hice mis ejercicios
sola, esperando por el papi, y no sé si los hice bien
y el obstetra y el pediatra que aún no los tenemos.
Y "¿qué pasa con la música que no llega?", pregunta nervioso y algo enojado el papi, y yo no sé qué
hacer. Pero de algo sí estoy segura: Colón no llegó
pero ha llegado tu tiempo y las aguas comenzaron a
correr hacia el escenario, el mar, el mar origen de
la vida, el mar que nos acompañó desde el comienzo, las aguas en oleadas corrían por mis muslos
hacia la vida, hacia el sueño, hacia el escenario.

No, la música no llegó pero tú llegaste y el
viento se detuvo entre las mangas para suavemente
acariciar el sueño y el parlamento quedó suspendido y la luz quedó suspendida y la sonrisa quedó
suspendida y los ojos abiertos en la mirada suspendida y el movimiento quedó suspendido y las olas
detuvieron su eterno deambular por las profundidades de los escenarios y los unicornios repoblaron el
mundo de tu abuelo y hasta la cordillera y las pal-
meras se estremecieron de alegría. Y en La casa de
la amistad, comenzabas a llegar a la vida.

Nuestra adorada Melina:

Sí, Melina, porque ya eres y estás Melina, y porque de ser *mi* Melina, has pasado de súbito a ser *nuestra*. Yo me aferraba a la mano del papi tratando de vencer el miedo, y al dolor, mientras esperábamos impacientes tu saludo a la vida. Y tú, tú palomita mía, aún sólo mía, te debatías entre el ser y el estar sin sospechar que en otros tiempos y en otros acentos el ser y el estar son una misma cosa y que ya siendo, estabas. Y si estabas, es porque tu papi y yo quisimos que fueras y no tenías que tener miedo y tenías que llegar; y al dejar que la vida entrara en tus pulmones, llenaste nuestras vidas de un sueño hasta hoy no conocido.

El papi te tomó en sus brazos, yo descansé al saber que estabas bien y que eras Melina porque te soñaba, te quería te deseaba, mi hija de la isla de la miel, piel de miel y canela, cabellos de resplandeciente seda negra, ojos de noche iluminada, brazos extendidos hacia la vida, piernas... "tiene . . . las mismas patas flacas suyas", me anunció sonriente el papi, y yo supe que serías feliz, que esas piernas flacas, esos pies de pescado te llevarían por estos mundos en busca de otros mundos, en pos de lo que tienes que ser, de lo que quieras ser; en pos del amor y la felicidad. Y al saber que serías feliz, descansé de cansancio y preocupación mientras pasabas de ser mía a ser nuestra. El papi te paseaba por el cuarto, sus ojos llorosos y radiantes de amor y felicidad, y la enfermera y los doctores se encargaban de los detalles más prácticos de pesarte, medirte, limpiarte, y de asegurarse de que todo estaba listo para que echaras a andar por este mundo.

Todo sucedió muy rápido. A las once de la noche Carmen no llegó, y Amadeus nos dio cita con los doctores en la clínica a la una de la madrugada. A las cuatro y media de la madrugada entraste a escena para conquistar al mundo. *Merci madame*! No creo que las cosas se hubieran pasado tan bien si no hubiera tenido el libro y estoy convencida que todo hubiera sido terrible sin la presencia del papi a nuestro lado.

Algunos países de oscuras, secas y estrechas ideas a la vida no permiten al hacedor del sueño estar presente en el momento del alumbramiento, algunos países en que se intenta mutilar el sueño, criminales que no sueñan, criminales que no aman, que no saben que si te dejamos pasar del sueño a la vida es para que él te reciba y te entregue el sueño así como se lo entregó a la madre, al cortar el cordón que nos unía para siempre.

¡Qué innombrable aberración el dejar a los padres ausentes de ese importante paso del ser a la vida, importante para el niño, importante para la madre, importante para el padre. Me lo han repetido y lo seguiré escuchando, que desde tiempos inmemoriales ha sido así y no tiene por qué cambiar, que éste es un simple acto físico de expulsión del que el padre es accesorio.

Pero mi amor, yo sé que algún día, cuando seas tú quien esté en esa camilla me darás la razón al darte cuenta que no es así. De sólo pensar que el papi no hubiera estado a nuestro lado dándonos su apoyo, su amor, infundiéndonos valor, un sentimiento de desfallecimiento se apodera de mi cuerpo, mis rodillas cascabelean, como antes de entrar a escena a enfrentarme y entregarme al mundo, mi cabeza gira en multicolor espiral como en el momento del amor pero sin la corriente chispeante de estos dos delirantes momentos de placer. Su presencia a nuestro lado fue lo que dio sentido a tu paso del ser al estar. No, no tiene que ser un acto recordado por el dolor, tiene que ser recordado por el amor, pasado por el corazón a través del amor. Al soñarte y al concebirte fuiste nuestra, y pasaste a ser mía mientras crecías, mientras te alimentabas en mí y de mí. La presencia del papi a nuestro lado durante tu llegada te hizo nuestra nuevamente, querida Melina.

En el Centro de profesionales de la salud, donde has nacido, todos vienen en cortejo a saludarte. ¡Oh hija, cuán hermosa eres! y de tu extraordinaria belleza ya comienza a hablarse en las leyendas colombianas. ¡Te quiero tanto, Melina!

Ahora duermes a mi lado en tu cunita de transparente, tu cabecita envuelta en una venda pues la maleta se quedó en casa por lo que comenzaste a nacer no en casa sino en teatro y además, además tu mami pensó que al nacer en tierra caliente estaba demás el gorro de lana que recomendaba el libro y lo sacó de la maleta dejándolo en Bogotá, donde sí lo ibas a necesitar. Más le habría valido la pena dejar el termómetro para el agua o los esterilizadores. En fin, aún no habían pasado dos horas desde tu nacimiento cuando de pronto el papi, la Tita, que ya había podido subir a saludarte, y yo te vemos buscar otro horizonte al cual dirigir tus ojitos abiertos como libros que nos saludaban desde tu mundo.

Y aunque eso debías hacerlo a las seis semanas, según el libro, levantaste tu cabecita y nos miraste para recordarnos que ahora tú estabas entre nosotros y que con ello había que contar, y cambiando de lado la depositaste sobre la sábana blanca de doña Clarita soñando, soñando el sueño de doña Clarita, soñando el sueño de tus padres, soñando el sueño de tu Tita, soñando el sueño de los niños del mundo, soñando la vida por lo que ya sonreías y si el gorro se nos quedó, si la batita se nos quedó, la sonrisa esa ya te la habíamos entregado esa noche en que..., ¿recuerdas?

En la tarde, luego de descansar, la Tita y el papi vinieron a vernos al hospital. El banana split, cuya historia algún día te contaré, aún no me lo compra el papi, fue reemplazado por un sabroso bizcocho de crema y coco que nos comimos las dos.

De regreso a la casa dormimos muy bien la primera noche arrullados por la triste música del viento al pasar por los guaduales, arrullados por el tranquilo llanto de la señora Clarita que se confundía con el lamento del río que cruzaba Cali, arrullados por los sueños de tu padre y por tu sonrisa por lo que ya sonreías.

La segunda noche regresaste del sueño y no nos dejaste dormir de exigencias de la vida y aunque yo te leía en voz alta el libro nada parecía calmar tu llanto, sería por lo que si bien es cierto te hicimos en París, Francia naciste en Cali, Colombia o era sólamente por lo que adivinando el futuro te adelantabas a las numerosas hambres que nos esperaban a lo largo del camino.

Querida hija, adorada Melina:

¡Qué maravilloso es poder llamarte así, quererte así!, con la certeza de que eres Melina, sin el temor de despertar tus celos por lo que hubieses sido Gabriel Marius, o vice-versa. Y serás Melina de todos los países; las fronteras no te detendrán, los pasaportes no aprisionarán tus sueños; a propósito, no tienes pasaporte, no te quieren dar un pasaporte. Tres continentes se han precipitado para darte la bienvenida, un tomate se entregó sonriendo a los dientes reidores del maíz mientras la sandía te ofrecía su carne roja y su amor en el cercano y tan lejano Chile de tu papi, las palmeras se mecieron en canto de alegría en Puerto Rico y los mangos rodaron para perderse en el mar, el mar en donde un día tú los cortarás, una ciruela explotó en olores en Etampes y sobre los techos de París una sinfonía de amor estalló anunciando tu llegada, y todos quisieron conocerte y todos viajaron en sueños para contemplarte y a todos les sonreíste por lo que ya estaba escrito que te encontrabas viajando por nuevos e ignorados mundos.

Y entre los regalos y las llamadas, el amor y los cuidados se acurruca a tu lado un hermoso osito blanco que el papi defendió con uñas y dientes durante su travesía por el continente, un hermoso osito que habíamos comprado para ti en París uno de los tantos días en que salimos a decirle adiós a las calles parisinas, calles amigas, calles cómplices de nuestro amor, osito que cuando, subiendo en dirección hacia chez Bertillon -tu padre a saborear un seductor helado de guanábana y fruto de la pasión y yo uno de leche de coco y pasas, porque recuerda, ya estabas alimentándote de mi ser- nos llamó desde la vitrina donde lo acompañaban hermosas cajas de música que en exquisita desnudez jugaban a entremezclar los acordes de La internacional con los de La mar, los de Bailando bajo la lluvia o los de La vida en rosa.

Ay Melina, ¡cuán hermosa eres y qué maravillosamente curiosa te enfrentas al mundo que te rodea! Sé que nadie podrá creerlo y dirán que es imaginación de madre hechizada pero con tus solo dos días, tiernos aún, cuando deberías dejarte arrullar por el sueño luego de que mamita calmó tu hambre trasnochada, estás tratando con tus manitos de hacer salir de la sabanilla que con tanto amor te bordara mientras esperábamos la llegada del papi, los gatitos morados y amarillos que se pelean por acariciarte.

Como yo necesitaba descansar un poco decidí volver a ponerte las sábanas blancas pensando que así tu sueño llegaría, pero tú, al ver ante tus ojos un blanco mar sin vida movías tu cabecita de un lado para otro tratando en vano de escaparte montada al lomo de uno de los gatos y te esforzabas para no cerrar tus ojos, esos ojitos que siempre te costará tanto cerrar en las noches, esos ojitos estrellados que demasiado pronto quieren contener todo el universo, que demasiado pronto quieren encerrar la vida.

Querida Melina:

Con tu llegada, el libro cambió de portada, sin darme cuenta en un abrir y cerrar de páginas se embarazó y la portada sonrió de nuevos pasos, miró de nuevos ojos, suspiró de nuevos olores preñada de nuevas recetas y termómetros y pañales y biberones y esterilizadores y cremitas de papa y cremitas de zanahoria y cremitas de arroz con canela y cremitas de sueños, pero la de cremita de amebas continuaba paseando por otros libros sonriéndole a la cremita de yuca, a la de arracacha, a la de la piedra negra, aquella para el mal de amores cuya receta se encuentra en *¡E il orbo era rondo!* de tu padre.

Sí señora, el volumen dos, *J'élève un enfant* estaba completo, no había perdido ni un sólo capítulo o tal vez fue que ya llevábamos el tiempo suficiente en América Latina, nuestra América Latina, para darnos cuenta de que no todas las cosas necesarias al amor, al bienestar y la amistad pulululaban, que éstas trataban de ganar la batalla a la muerte como ramita de laurel queriendo brotar en el desierto y que donde escaseaba la comida y la tranquilidad para soñar y viajar libre, como viaja el amor cuando es amor, como viaja el sueño cuando es sueño, abundaban los polvos para viajar y soñar de muerte.

Afortunadamente para nosotros, y para los niños de Colombia hubo un hombre, su nombre doblemente preñado de amor por los niños y esperanza en el futuro, que logró devolverle su verdadero significado a la vacuna y despojarlo del olor a muerte que le habían inoculado para hacerlo renacer en la mirada de vida, en la cara de alegría, en la sonrisa de agradecimiento de miles de niños de la sierra al valle, de la selva a la ciudad.

Sí señora, el libro estaba completo y gracias a ello, mi vida, ahora puedo seguir tu desarrollo a nuestro lado como seguí tu crecimiento cuando te atesoraba dentro de mí. Y nuevamente comienza la odisea. El papi debe partir en el camión para Bogotá, nosotras nuevamente separadas de él, debemos partir en avión, acompañadas de Tití Nani quien, desde Puerto Rico, vino a recibirte. Atrás quedan Cali, la ciudad que te vio nacer, Enrique, quien parado frente a su teatro deja escapar una sonrisa furtiva al levantar la mano para decirnos chao, doña Clarita con su hijo quien al despedirse, los ojos llorosos, nos dijo: mis niñas, yo sé que el camino que comienza no será fácil y por eso he querido que un amigo de años deje caer sobre ustedes las bondades de las que sólo un corazón puro es capaz para que envuelvan la cabeza y el corazón de esta niñita y la protejan de los peligros que la esperan.

Y ahí entró él, Elías,... alto y delgado, casi transparente en su cuerpo y en la pureza de sus pensamientos y vertiendo un poco de agua de mar sobre tu cabeza dijo: que esta agua de donde todo surge y ha surgido por los siglos de los siglos te provea siempre el alimento que necesitas para crecer grande y hermosa.

Luego, sacando de su bolsillo un saquito con tierra humedecida por las primeras gotas de rocío y espolvoriando tu frente dijo: que esta tierra regada por las lágrimas de los mortales esconda tu cuerpo y lo haga invisible a los ojos de los enemigos que pueblan los caminos y montañas que deberás atravesar.

Y finalmente, sacando un enorme pañuelo de una seda cuyo blancor hería los ojos al reflejarse en la luz del sol, te tomó de mis brazos y te envolvió en él, diciendo mientras te contemplaba absorto: que la blancura y la suavidad de estas telas envuelvan tu corazón y tus pensamientos para que te eleves sobre la grandeza, para que seas siempre libre, para que sueñes tus propios sueños, para que seas siempre feliz.

Y con estas palabras te puso en los brazos del papi ante la mirada asombrada y de agradecimiento de doña Clarita y la corte de mendigos que nos rodeaba quienes parecían entender muy bien el lenguaje en clave de Elías, y tal como llegó a la casa el profeta de los locos desapareció por el largo pasillo que daba a la calle. Y nadie sintió que se abriera la puerta.

Al dejar Cali también quedaba la cámara fotográfica que tenía preparada con rollo para hacerte las primeras fotos. A lo mejor algún día, si volvemos, encontremos que quien la tomó la haya dejado depositada en el Monte de piedad y aún esté en ella el rollo con las últimas fotos que me hiciera contigo en la guatita con la esperanza de enviárselas al papi a algún lugar del camino con el próximo que se fuera a encontrarse con él para ayudarlo a llegar. Sí, la encontraré.

Querida Melinita:

Hemos regresado a Bogotá e inmediatamente lo has sentido en tus huesos, como yo. Hemos tenido que cambiar de ropa, abrigarnos mucho y acostumbrarnos a un nuevo clima para ti. Y la ropa caliente quedó guardada en una caja en el camión aquel día que dejamos París durante uno de los inviernos más fríos que recordara la ciudad luz en muchos años.

***

De aquellos inviernos que sólo volvimos a sentir cuando de esperanza nos paseáramos los tres, el papi, tú y yo por las angostas calles que serpentean los canales de Amsterdam, las que cual potrillo salvaje se aúpan para permitir el saludo de una orilla a la otra, para permitir que circule la gente y el mundo, o por los muelles de los puertos de Roterdam cuando se vestían de fiesta para recibir a San Nicolás y a los Piets provenientes de la amable España oliendo a nuez moscada y clavo de olor en su lustroso caballo blanco que brillaba bajo la fría y opaca luz del sol holandés, y que airoso bajaba del barco al calor de los iluminados ojitos y tibias manitos de alegría que junto a ti lo saludaban en el puerto y les daban la bienvenida a ellos y a la tradición: Jella, el burrito, Roberta, Kelly, Annemijn, Marieke, Saskia, Nilton...

***

Desde aquel día entonces que habíamos guardado con amor en una caja con vanda nuestra ropa de invierno porque a Chile llegaríamos en primavera y ya tendríamos tiempo de sacarla de las cajas. No podíamos prever en aquellos momentos de entusiasmo que las cajas y la espera serían parte de nuestra vida, de la tuya que recién se abría al mundo con tus 18 días y tu hermosa sonrisa color de ojos y olor de miel, de la del papi y de la mía.

Adorado corazón de estrella:

De hoy en adelante mis charlas contigo serán trueno y relámpago que cual luces de bengala partirán desde el centro irradiando toda dirección, que como eco en una montaña chocarán contra la roca que lo hará estrellarse y derramarse en la ladera, que girando tal vez en espiral -como espiral se está volviendo nuestra vida en Colombia- irán y vendrán por los caminos del sueño, de tus primeros pasos, de tu primera palabra, de tu primera frase, de tus primeros poemas, de la llegada de Alejandro.

Y así, a borbotones, quizás podamos reanudar nuestro diálogo o mejor, dar partida a este nuevo diálogo que se produce con tu llegada.

Hija mía, ya no te espero pues ya llegaste y te tenemos, como tampoco espero al papi pues ya se encuentra aquí con nosotras. Llegó antes que tú lo que iluminó e hizo más hermosa tu llegada. Pero la espera no termina, es como una vieja piel que se abraza a los huesos y al pensamiento para amarrarlos al suelo y no dejar que se escapen ni en sueños.

Y yo necesito soñar, no ya soñarte pues ya te tengo, pero sí soñar contigo y soñar de ti y para ti.

Y el tiempo..., el tiempo y la espera...
Mi tiempo que ya no es mío, que ha pasado a ser tuyo, a depender de tus sueños y tus exigencias, ¡oh diosa mía que pides y no hay quien pueda negarse a tus imperiosos deseos!

***

Y aún hoy todavía es así, cuando me pides un regaloneo de cinco minutos, de dos minutos, de un minuto, cuando me pides con tus ojitos cansados un "e cargo", vocablo prestado de tu hermanito cuando empezó a balbucear sus primeros pedidos.

Y preciso esperar, robarle al sueño un resquicio de nuestro tiempo para pensar en ti, para platicarte, y perpetuar para ti hasta el más mínimo de tus segundos, la más bella y todas tus sonrisas, el más menudo suspiro de tu vida.

Ahora estamos esperando, esperando para contar pasos hacia atrás y dirigirnos a Popayán, ciudad que cual Pompeya exhuma olor a tierra abierta, a humo y a pasado, mientras aquí, en Bogotá, la señora María, la guardiana de la Corporación Colombiana de Teatro, la sabia señora María, profunda conocedora de los secretos de la vida y de la muerte, de los elíxires que calman los celos y despiertan las pasiones espera poder calmar las menos pasionales pero no menos dolorosas quejas de tu guatita con agüita de cebolla y comino hervida en vaso de greda roja y pasada por un cedazo de cáscara de canelo en flor para aplacar los celos de los que no pueden soportar tu vista, y evitar que el mal de ojos nos toque y que los guardianes del orden y el poder nos devuelvan el derecho a existir y a trabajar. ¡Pobre señora María que veía en fuerzas invisibles la maldad de aquellos a quienes teníamos más cerca, quizás por lo que para ellos el teatro había perdido el placer!

Y afortunadamente la luz no afecta el sueño del bebé mientras duerme, nos dice el libro, y ambas esperamos cada noche que el papi regrese a casa, y la señora María me enseña a envolverte en ruanas de lana, no cualquier ruana sino aquellas tejidas por manos de mujer embarazada de lana de oveja recién parida para que su calor te proteja y te Proteja, porque ella sabe, puedo leerlo en sus ojos de noche que ha perdido su luna, en su frente cobriza despejada de todo negro pensamiento, frente altiva como roca de cordillera que hace rebotar el eco del mal de quienes desean hacer daño a sus protegidos.

"Lo que me preocupa es la regularidad para ambientar las horas del sueño, para dar la bienvenida al descanso, esa precisión de comidas y horas y baño y minutos y paseos y segundos y sueño, esa agenda trazada sobre estrictas coordenadas que usted saca de ese libro tan raro que siempre anda trayendo y que intenta aplicar aquí, donde la sabia naturaleza marca el ritmo de la vida, donde la muerte nos sonríe de sonrisa sarcástica en cada recodo del camino desde la selva que nos rodea", logró articular preocupada un día la señora María con esa sabiduría que le venía de siglos de vivir la misma historia, de sufrir el mismo destino por generaciones y generaciones.

"No niña, la selva no es la que usted imagina con caimanes, serpientes, pantanos y exhuberantes plantas. La pesadilla aún no comienza, la veo venir montada sobre un enorme caracol; la siento llegar rodeada de humo, de polvo de fuego gris como la nada, de encierro, de salida sin llegada y de vuelta a llegar. No entiendo nada, no alcanzo a ver en esa niebla por más que froto mis ojos con té de arracacha y me cubro los pensamientos con rocío de margaritas recién cortadas", me confió entre asustada y clarividente la señora María.

En aquel momento no entendí sus palabras o lo que tras ellas se escondía. Los enigmas sólo pueden resolverse mirando hacia el recuerdo y ¡oh, cuántas veces, hija mía, entonces resulta demasiado tarde! ¡Cómo íbamos a imaginar aquella noche en que, entre canciones de esperanza, nuevamente dejábamos lo que había sido nuestro albergue prestado en busca de los caminos, las corrientes, los vientos que nos llevarían en hermoso encuentro con nuestro continente; ¡cómo íbamos a imaginar, cual lo imagináramos en nuestros paseos por la calle de Buci detrás de nuestro departamento de la calle des Grands Augustins en París, cuando con el papi íbamos al mercado a escoger las fresas más dulces para que endulzaran tus ojos y tus manos que comenzaban a agitarse allá en tu palacio, aquí en mi vientre, los duraznos más lozanos para que tu piel brillara de amor y de felicidad, los bananos de Colombia, los mangos de Puerto Rico, las rosadas uvas chilenas para que toda tú (o todo tú, en aquel momento no lo sabíamos) te impreganaras de olor a continente, te llenaras de sueños y de cantos y aprendieras a cabalgar sobre el lomo de la cordillera o a perderte en las azuladas y tibias aguas de nuestros mares o a internarte en la gruta madre, ¡oh, tú, unicornio de viento, dador de vida!, ¡oh tú deésa de la vida, perpetuación del sueño soñado por tu madre!; ¡cómo íbamos a imaginar entonces esa noche que en vez de hacia las nieves eternas, que en vez de bajar a la conquista del tobogán del Sur estaríamos buscando apertura hacia el calor de Centro América: Costa Rica y Nicaragua nos esperaban y nosotros seguíamos soñando. Como soñábamos el papi y yo allá en París con los naranjales que sembraríamos bordeando el camino que llevaría las multitudes a nuestro teatro allá en Chile para que perfumaran las rutilantes noches de espectáculo, para que tú y otros niñitos como tú pudieran alzar la mano y dejar acariciar sus sedientas boquitas estivales con el dulce néctar. Y al salir de nuestro departamento caminando en dirección al Sena, al pasar frente a las líneas y los desgarradores alaridos de Guernica que todavía resonaban en el patio interior de nuestra calle, gritos de dolor y exilio que se entremezclaban con los parlamentos de amor de tus personajes de juventud, ¡oh admirado Jean-Louis!, soñando con lo que sería el futuro, el futuro de tu teatro, tu futuro con Madeleine. ¡Oh calle que albergaste tantos sueños!, los de Pablo, los de Jean-Louis, los de Marcello, los del papi, los míos; sueños que se crecieron y se fundieron, sueños que en todos izaron vela, y si nosotras nos encontramos aquí en estos momentos, querida Melina, es porque soñamos.

Estamos en Armenia, no un primero de mayo sino cuatro meses más tarde. Hace un calor espantoso y tú paseas toda tu hermosura en mis brazos observando con seriedad cómo el papi dirige las luces del teatro. Ya eran las cuatro de la tarde y nos habían advertido que teníamos que tener todo listo antes de las cinco pues a esa hora ocurriría el tan esperado "milagro" y ni un sólo habitante de Armenia quedaría en su casa, trabajo o lugar que fuere encerrado por temor a perder la gracia en secreto deseada. Según lo que nos contaron ésta llegaba cada cien años, el día exacto nunca había podido determinarse pero se habían rastreado varias señales. Y hoy la gente sabía que ocurriría, y aunque nadie podía decirnos el porqué todos parecían estar muy seguros.

Faltando cinco para las cinco, como todo el pueblo, nos dirigimos casi en solemne procesión hasta la plaza central. Con el papi nos acordamos de aquel viernes santo en París cuando llevados por la curiosidad y por una especial sopa de pescado que servían en un pequeño restaurancito detrás del Sagrado Corazón asistimos a la subida en siete estaciones, desde la boca del metro hasta la blanca e imponente iglesia, de un puñado de gente, acompañando a un robusto negro antillano que cargaba una pesada cruz por las empinadas escaleras mientras el cura, sus manos perdidas entre las cuentas de un rosario recitaba de solemne voz los detalles de la pasión y muerte del hijo de Dios.

Frente a la iglesia los curas y monjas habían formado a los niñitos de los colegios quienes cantaban villancicos cual si fuera Navidad. El alcalde y su comitiva oteaban el cielo esperando poder ser los primeros en divisar la aparición, después de todo para algo eran los notables del pueblo.

El resto de la gente se agolpaba buscando el mejor lugar queriendo no perderse ni un sólo momento del milagro por tantos años esperado, detalles que conocían paso a paso, segundo a segundo incluyendo hasta las pausas en que la respiración de los presentes se bloqueaba, extasiados por el celestial sonido bajando en espiral desde las nubes y los colores de telón de fondo de fotografía de recuerdos que tanto hacían soñar y viajar los deseos en las historias de sus padres o abuelos, historias que con el tiempo y la repetición del milagro estaban tan recargadas de adornos y detalles que ya era muy difícil saber dónde terminaba la relidad y dónde comenzaba la fantasía de aquellos que vivían de reinventar la historia y de vender el cuento que mientras más irreal parecía más creíble se volvía.

Y además, ¿a quién le interesaba cortar con cuchillo afilado o trazar una recta línea donde los caminos se confunden y se borran en la niebla de los páramos o de la cordillera al amanecer dejando pasar sólo imágenes de vida, recuerdos de muerte o aquellos ilusos que como nosotros andábamos detrás de los pajaritos preñados de la leyenda? Y tú y yo sabemos que existen, y gracias al papi han existido y existirán para nosotras, como existe el tesoro del cerro Ñielol, como existen el peludo, friolento y tierno Yeti, como existe el hombre cuyo molino le dio la sal al mar, como existe el último unicornio y el jinete sin cabeza que recorre las montañas las noches de luna llena. Y un día estaremos frente a ellos y sabremos reconocerlos porque ellos ya hacen parte de nuestros sueños de llegada.De pronto las voces de los niños fueron ahogadas por un susurro nunca antes escuchado por oído humano, pero sin embargo por todos reconocido en el recuerdo pues empezaron a abrazarse y a saltar de felicidad como si fuera la despedida del año viejo o la fiesta de año nuevo.

El cielo se convirtió en una selva multicolor donde los más hermosos y brillantes pájaros volaban en formación mientras cantaban con la más dulce y melodiosa voz. Tú te reías como nadie, como si también reconocieras su canto y tu hermosa piel de miel atrajo de inmediato a los pájaros que comenzaron a danzar a tu alrededor y a cantar a tu oído mientras tú, tus bracitos extendidos, tu carita risueña tratabas de atraparlos como si en ello se te fuera la vida, la vida y tus peque-inmensos sueños.

Tú también estabas esperando los pajaritos preñados de la leyenda y allí los tenías, revoloteando a tu alrededor, posándose con respeto sobre el vetusto árbol de la plaza de Armenia bajo el cual nos encontrábamos, el que refrescaba con sus ramas el tedio de aquella tarde de asfixiante calor en aquel pueblo donde la gente estaba acostumbrada a esperar, y esperaba.

A las seis los pájaros se recogieron tranquilamente entre los árboles, como se recoge el mar en la playa cuando baja la marea. El silencio volvió a reinar y con el semblante del que fue testigo de lo extraordinario la gente se dirigió al teatro y presentamos la obra.

Melina:

¡Cuán justas fueron las palabras de la señora María que combinadas a los sabios consejos del libro te han hecho florecer en la más maravillosa de las niñas! Hemos dicho adiós a Bogotá cargados de ilusiones y sueños que parecen legendarios. El itinerario es claro: Barranquilla, Montería, Arboletes, Necoclí, Turbo y ahí o los planchones o la brecha que abriría sus brazos panamericanos al camión y a nuestro auto, a Los comediantes, a ti, a nosotros.

No, Melina, la regularidad de tu sueño no la marcó reloj humano alguno, ni siquiera el querido reloj soviético del papi. Fue marcada por las llamadas al teatro cada noche, por el aire de la noche que acariciaba tus pequeñas sienes durante los largos viajes por curvas y rectas en autos conducidos por el corazón del papi a la distancia, sueño que regularmente nos prevenía de los peligros como aquella vez camino a Manizales donde al llegar triunfante a las dos de la madrugada, tus enormes ojos despiertos de vida, te declararan mascota oficial del festival de teatro, cuando días después, ojos de amor y de amistad, todo el festival se detenía para buscarte a ti, para rescatarte de los brazos que salvajemente intentaron arrancarte de nuestro lado, que tan inhumanamente habían querido separarte de la felicidad, del sueño, del amor y de la vida.

Y te encontramos; gracias a todos ellos te encontramos. Fue la primera y única vez vez que no detesté las barreras, pues la cadena de amistad que cercó Manizales para impedir que te sacaran te devolvió a nuestros brazos. Y las llamadas cada noche a compartir el sueño de uno u otro grupo de actores, pudieron repetirse el resto del Festival para acompasar tu sueño. Sueño marcado por el vaivén de las hojas de plátano al ritmo de los amables bambucos navideños, por el cantar de los mosquitos

129

que intentaban sepultar el punzante ruido de las balas en el parqueadero de Turbo y las horribles historias de las menos amables canciones carrileras que contaban la vida de mujeres "bandidas" y "pintadas" que llegaban a perturbar la paz de aquellos idílicos parajes. Sueño marcado por las lágrimas de bienvenida y adiós con que eras recibida y despedida por doquiera que pasabas.

Tenía usted razón, señora María, olvidamos los humanos relojes y las estrellas guiaron tus pasos y alumbraron tus sueños y los nuestros y el campo de aire puro, de claro cielo, de amables animales fue la selva, no la de los hombres, como usted nos dijera señora María, la de caimanes y mosquitos y serpientes que se trenzaban en amables lazos y saludaban a nuestro paso, comediantes ingenuos, gente de paz de olivo perdidos en la jungla entre tres mundos, y nos defendían del verdadero enemigo.

Y el mar, el mar, *la mer toujours recommencée* también lo conociste Melina, y en tu dulzura de niña te dejaste acariciar y mecer cuando arboleada por los brazos del papi, en Arboletes, te extasiaste de sueños y de futuro entre sus húmedos y salados brazos. Aún no cumplías siete meses de edad.

Y el libro, el libro decía que esa era la perfecta fecha.

Querida Melina:

Hoy, cuando te sonríen la belleza y la inocencia y la felicidad de tus ocho años, cuando la
esperanza juega caprichosamente al equilibrio entre
tus sueños y la realidad y tu carita lo transluce detrás de esa sonrisa casi completamente poblada de
aquellos dos botones de marfil que vieron la luz
hace más de siete años en Turbo, ciudad puerto de
míticos colosos y porteñas inocentes color melao
que respiran y despiden olor de amor; Turbo, ciudad que huele a contrabando que sube o que baja
para colarse por pasos y senderos como plaga hacia
las tristes ciudades que no conocen el mar; ciudad
donde por primera vez en tus seis meses de conocer
mundo dejaste adormecer tu cuerpito rendido sobre
los finos hilos de una tela de araña que se tejieron
para ti en la casa del aviador chileno que nos tuvo
secuestrados hasta saber quiénes éramos; donde la
policía te quiso "repatriar" porque al no tener visa
de entrada al país te hallabas ilegal en el mismo,
como si se necesitara visa para andar navegando
por los mares del amor; donde lo más terrible, yen-
do en contra de todos los principios, en la casa del
cura te negaron a ti, que nunca nadie te ha negado
una sonrisa, un poco de agua para refrescar tu
cuerpo del igualmente terrible calor tropical de esa
tan caliente zona; Turbo, de múltiples puertos, sí,
múltiples porque allí cualquier atracadero de guaduas era llamado puerto de embarque y desembar-
que de mercancía y de esperanzas; y las nuestras
también buscaban embarque en Turbo, buscaban
ascenso hacia más acogedoras tierras en Centro
América porque el descenso hacia el Sur, tú ya lo
sabes, no había podido ser; y en el pico más alto de
la cordillera, allí donde se paseaban los unicornios
de tu tatarabuelo, el Yeti se quedó esperándote;

hoy, como te decía, cuando todavía nosotros, como el Yeti, seguimos esperando, me has preguntado cuál fue tu primer regalo de Navidad y desprevenida, me lanzaste por un túnel de temores que creía haber enterrado en algún lugar de mi memoria después de aquél, nuestro truncado encuentro de amor con el continente, nuestro amado continente que nos cerraba los brazos.

Afortunadamente, el amor siempre presente en nuestras vidas, siempre fiel a nuestra felicidad, logró expulsarme por el cráter de mi hirviente cabeza que comenzaba a arderme dejándome resbalar sobre recuerdos y te conté de cómo en las noches, cuando la máquina de coser de la señora Martita allá en Medellín descansaba cobijada por las hebras de hilos que movidas por la brisa danzaban sin fin, a la hora en que el papi cabalgaba en sus sueños a nuestro encuentro como en los tiempos del camión prisionero en algún camino de Perú o de Ecuador o en algún descamino de Bolivia, cuando tú soñabas una casa bajo los estrellas, una casa sólo tuya y de tus padres, una casa con techo capaz de albergarnos por una vez a todos juntos la que recorrer en esos tus primeros intentos de adueñarte del mundo desde lo alto para apropiártelo a lo ancho y a lo largo, cuando yo te sonreía desde mis sueños a ti y al papi y al guatoncito quien guiñándonos desde una nube guiaba mis manos hasta las hebras de hilo que cual cristales brillaban a la luz del amor éstas abandonaban su calidad de humilde retazo de algodón para transformarse en la fina y tibia lana que más adelante infundiría vida a tu primer regalo de Navidad: dos hermosos ositos, sus guatitas redondas y satisfechas de sol y de arcoiris, unidos sus corazoncitos por la cadena de lápiz lázuli del Sur, la misma que me ofreciera tu padre al ofrendarme su amor, su tierra, su mundo, sus sueños y a ti, querida Melina. La misma que espera coqueta en estuche de cobre tierra a que la pasees con orgullo cuando tú también te dejes amar de amor.

Nuestro camión seguía esperándonos casi sin vida frente a "El último esfuerzo" junto al cementerio que en silencio vigila la violenta vida y muerte de Medellín. Allí también espera el antiguo reloj de cadena soviético del papi, único bien que había resistido la feroz embestida latinoamericana y que fuera canjeado por un paquete de pañales.

Yo le había advertido al papi que los pañales en Colombia eran carísimos, pero él insistiendo en que también pululaban ¡no había traído ni un mísero paquete de pañales de Francia!

Querida hija:

Hoy has vuelto a mirarme con esa mirada de auxilio y de heroica conciencia de niña grande y es como si me hubieses dado otro golpe bajo. No has cambiado nada de la bebita tan juiciosa y paciente que siempre fuiste. Se te afinó tu carita de luna, se te alargó en cuarto meguante, pero sigues siendo tú.

Melina amor:

La sonrisa que adornaba ayer tu rostro, hija mía, no podré olvidarla nunca. Ella merece que cuente hasta mil, si fuera necesario antes de perder la paciencia con tu sueño que no llega, con tus llamadas en la madrugada, con tu energía que no se agota. Tus ojitos, tus manitos tu carita, tu cuerpito todo, junto a tu voz, me dijeron ciao, y más que ciao me repetían lo que con palabras me dijiste ayer desde la enormidad de tus recién estrenados tres añitos: "ayer tú te quedaste conmigo en la escuelita porque es nueva y yo tenía un poco de miedo porque no conocía a los niños. Hoy tú me acompañas un ratito y luego te vas y yo me quedo solita".

Cuando salí de la escuela no pude impedir que las lágrimas inundaran mis ojos y empañaran mi vista para sorpresa de los otros padres y niños quienes acostumbrados a ver brillar las lágrimas en los ojos de los niños que se quedan y no en los ojos de los padres que se van no alcanzaban a entender el fenómeno.

Mi confusión era tal que no sabía si enorgullecerme más de lo que estoy de ti por tu valentía y coraje o ponerme a llorar, como de hecho lo hice, por las mismas razones. Sé que cuando tengas siete años y me veas temblar y llorar de emoción al escucharte a ti o a tu hemanito que tendrá cuatro, sacar sentimiento y ternura de las teclas del piano en vuestro primer recital, recordarás que ustedes siempre me harán sentirme así, inmensamente feliz y orgullosa de tenerlos, y que esas lágrimas no se acercan en nada a las que derramo cuando los cuatro juntos, en familia, disfrutamos de alguna película familiar donde hay niños que sufren y trgedias, y los tres en complicidad se miran y el papi te dice que vayas al baño a traerme un pañuelito y los tres se ríen de que yo llore.

Tres veces me has mirado así, Melinita, con esa misma mirada, tres escuelas distintas en tres distintos países han prestado el marco a lo que te creció y en los mismos tres lugares me has dejado clavada en mi impotencia frente a tu enorme ser.

Una vez más, tu voz y tu carita me dieron hoy tu talla de mil siglos.

Mi hija viste en sus sueños
transparencias doradas
escarlatinas llamas
amariverdes ondas.

Mi hija calza en sus sueños
gotitas de rocío sobre su piel
de miel almidonada.
Sale de su castillo
bajando las escalas
cual toda una princesa
y encuentra los colores,
los velos y las sedas
   los que ha imaginado
      adornan su belleza.
Y volando de ansias cubiertas
de recelo
mi hija feliz-triste
por caminos de nubes
se presenta a la fiesta.

Melina, Melinita... ¡cuánto creces cada día! Tus tantásticas familias, tus amigas "pícaras" que se atan el pelo con cinta de cerrrar los sacos de lo que ya no es útil, tus trabajos en el Volk en Kunde Museum.

Tus encierrros en el baño, tus bailes y canciones, tu increpar al papi haciendo despliegue de tus excelentes modales con "¿qué dijo Carreño?" en oposición a las maneras con que La Flaca, querida amiga que te adora te hace impacientar al contrariarte diciéndote que hay que lavarse los pies ¡por lo menos una vez al mes!

Tus diálogos con tus muñecos, tus límites de propiedad: mi papi, mi mami, mi tita.

Tus discursos en lengua extranjera, la que sea: español, francés, holandés. Y en el futuro, por qué no también en inglés, al contarle cuentos a tu hermanito, al darle vida a tus propios personajes.

Tus niñitos Frank, hermoso nombre que acuñaras en honor a Frank, negro grande, gran actor que trabajara con nosotros en *The Columbus' Egg*, sí, así como lo oyes, porque nuestro renacimiento teatral en Europa se nos presentó en la lengua de Shakespeare y hoy a éste le pedimos disculpas y al mismo tiempo le agradecemos la experiencia que nos llevó a poner nuevamente los pies sobre tierra firme, si tierra firme puede llamársele a Holanda, país rescatado pedazo a pedazo a las aguas, que después del duro golpe en Latinoamérica nos dejó la calma suficiente para que empezáramos de nuevo a recorrer las escenas en nuestra lengua y en los lenguajes universales del teatro.

Tus niñitos Frank aplastados, niños de piel olor de olivo venidos de remotos lugares y que te rodean cual deésa cuando con el orgullo de tus dos años y medio sales en tu bicicleta bajo los ojos vigilantes del papi que te deja escapar a penas ganas tu independencia; ojos vigilantes que guiaron tus primeros pasos, justo antes de cumplir tus diez meses de edad en la fría Bogotá, en la gran plaza frente al Palacio de Justicia, por las salas del museo de arte moderno o por los pasillos de los grandes almacenes que cubiertos de mullidas alfombras podían reemplazar el casco protector, que según el libro, necesitabas para proteger tus pensamientos de los posibles tropiezos, y que evidentemente se había quedado en París.

El sol sale y se acuesta. Otra calle, otra plaza, otra paloma, otra llamada telefónica y la princesa con sus zapatitos estrenados con caca de paloma como el vestido blanco de la mamá en Venecia, ¿te acuerdas? Pero ni es Venecia y sobre todo, sabemos que la situación no es la misma y que debemos dejar este país y no tenemos a dónde irnos. Nuestro director, tu padre, miembro de la Sociedad de autores y compositores dramáticos de Francia con un pantalón demasiado estrecho para su cuerpo y eso que carga los mismos 60 kilos. Pantalón demasiado estrecho, como decía, pero más caliente que el que dejamos en el fondo del camión en Medellín. La mamá, muerta de frío y con sus medias discolores "último grito de la moda en París", les dejaba caer a los que la quedaban mirando con ojos redondos de asombro, medias que la obsesionaban tanto que hasta soñó había encontrado el par correspondiente. Y la Tita, enferma, enferma de tristeza de ver que hasta en su país nos cerraban las puertas.

Ojos de padre amante y vigilante frente al peligro que se repetirán para dar la mano a tu hermanito o hermanita por las estrechas calles de Holanda: Rotterdam, Amsterdam, Delft, Leiden, Den Haag, por las que juntos nos pasearemos en los fríos días del interminable invierno holandés. Sí, Melina, ¡vas a tener un hermanito!

Con el papi ya lo decidimos y ya es tiempo que ese guatón que nos tira de las piernas en las noches y que te hace guiños desde una nube, la más gordita, la más redonda, la más mullida, pidiéndote permiso para participar de tus juegos, venga a sumarse a nuestra familia.

"¡Vamos a tener un bebé, vamos a tener un bebé!, ¡qué felicidad!, qué felicidad!", exclamabas dando saltos incontrolables de alegría mientras besabas y acariciabas el refugio de esta nueva vida que vendría a ser parte de la tuya. Y le hablaste, y su actitud pasiva incomprendida por tus dos años y medio y tus siglos de paseo por lejanos países y por distintos olores y sonidos te hizo exclamar decepcionada: "este bebé no me responde, mami, ¿será que no habla nuestro idioma?"

Querida Melina:

Nuestra casa se ha poblado de bebés, bebés que cual maestros realizan todas las maldades y travesuras para enseñarle a tu bebé, sí porque ahora tú también llevas en tu guatita un hermoso bebito, todo lo que no hay que hacer.

Te alimentas muy bien y "tomo mucho líquido para que mi bebé nazca sano. ¿No es cierto mami que eso lo dice el libro?" Y me río porque el libro, el libro, *madame*, fue desempolvado y pegadas nuevamente sus tapas y esperamos que el capítulo que perdió en América Latina no nos haga falta aquí en Holanda, donde como puede ver, sigue marcando la pauta para el recibimiento de la felicidad. Y con profundo agradecimiento, *merci madame*!

Ay, Melinita, ¡cuánto te adoro! Cuando discutes y peleas con el papi porque "es hora de pelear", pero más que todo, coqueta, para ensayar cual actriz tus gestos frente al espejo; cuando en medio de la pelea pides la "tregua de agua", cuando sin parar, sintiéndote en falta, esgrimes tus razones sin que se te hayan pedido: "me quité las zapatillas porque hacía mucho calor", para desarmarnos, ante un frío que penetra nuestros huesos y sella de hielo las grandes y transparentes ventanas de nuestra casa; frío que congela los canales que serpentean la historia y los secretos de piratas y viajeros, de comerciantes y pensadores en las solidarias ciudades holandesas. En esos momentos y siempre, siempre te adoro.

Querida Melina, querido bebé:

Hace unos días la primavera se ha dejado sentir en este país por costumbre frío. Como por arte de magia, al abrir los ojos una mañana ves que las cicatrices dejadas por el llanto de los árboles en invierno sanan y éstos florecen con olores nuevos, con dimensiones nuevas y se van agrandando y embelleciendo, dando hermosura a su vez al paisaje y llenando de alegría, de optimismo y hasta de felicidad a quienes vivimos aquí una vida prestada.

Tu también estás feliz, descansando junto a tu hermanito quien con sus ojos despoblados y sus manos en sin fin movimiento trata de reconocer a su hermanita que lo quiere tanto.

Querido bebé:

Es temprano en la mañana. Estamos en la cama de tu hermanita, ella, yo y tú. Nos desperezamos los tres. De pronto Melina te acaricia para despertarte y tú le tiendes tu manito, tus deditos aún en palma y le acaricias su mano y de paso me haces cosquillas. Es la primera vez que sentimos respondes a nuestros mimos y Melina no cabe en sí de felicidad. "Mami, ¡el bebé me ha saludado! ¡Estoy tan feliz que voy a repicar!", porque en el país de tu hermanita, en Buliba, donde el prado es rosado, donde los semáforos son para iluminar los sueños y no para dirigir el tráfico, repicar significa ponerse triste para llorar.

Querida Melina:

No hay que ponerse tristes. Hoy hemos traspasado el misterio de las aguas que rodean a tu hermano y sabemos con certeza que es tu hermano. El muy audaz no se cubrió púdico para mantener el secreto hasta el final como lo hicieras tú y estamos felices de saber que es él.

"Es un niño como el papi", dijiste, para añadir: "cuando tenga tu tamaño, papi, tendrá barba y bigotes y hará pipí de pie. Melina es como la mami y el bebé es como el papi".

Tras tus primeros pasos,
deslizándose entre las aspas
de hermosos molinos de viento,
nadando en multicolores canales
reflejando el universo,
dando musicalidad al silencioso octubre,
un rayo de sol fulgurante derritió el hielo
de los ventanales y un suspiro de viento
se deslizó en la vida
para acompañar la vida
removiendo nuevamente
aspas y esperanzas.

Mi querido amor:

Mi reina de ensueños. Así como llegaste tú, con la esperada, ansiada, anhelada llegada del papi a nuestro lado, así en un conjuro de sol y luna nos ha llegado tu hermanito. No lo esperábamos hoy y se impuso como un relámpago de tormenta imprevista. Fuiste tú la elegida de su corazón, y no podía ser de otra manera, tú la primera en sentir su llamado de entrada a este mundo, tú la primera en sentir su calor que se fue proyectando lentamente en el hermoso día que amaneció hoy en Roterdam, en la luz, en la claridad que fue ganando poco a poco tu pieza, la cocina, la sala para iluminar y llenar de nuevas esperanzas y anhelos nuestra casa.

Y reviví el momento de tu llegada, el papi su mano en la mía dándome apoyo, valor y sobretodo amor. Sentí tu cuerpito junto al mío, tu cabecita elegantemente vendada cual arabita en mezquita, tu calor, tu búsqueda isaciable de la savia de vida que no acudía a tiempo a calmar tu hambre de compañía, de unión, de vida, acurrucada primero entre los tiernos brazos del papi quien te ayudaba a ganar tu independencia, a abandonar sin violencia tu seguro refugio para ganar tu propio espacio en este mundo y de ahí pasar a descansar sobre mi pecho aún desnudo para que yo pudiera alimentarte de felicidad y te legara los caminos secretos para conseguirla.

Tu hermanito huele, expele un fuerte olor ocre a mineral recién extraído de las entrañas de la tierra, perfume sin embargo dulce y tranquilo como el que tú destilas cuando las dos junto al papi soñamos en secreto con lo que haremos en el futuro.

Y se te parece mucho, porque los dos son hijos del amor, ¡oh tú, Melina, mi piel de miel fundida en trigo al atardecer, oh tú, Alejandro, mi piel de miel fundida en nube!

Querida Melina:

Nuestro árbol, el de la cocina, aquel que va marcando con el vaivén de su ropaje nuestro paso, amaneció casi desnudo. Sus hojitas aquí y allá cubren su tímido pudor ante lo irremediable.

¡Ya hay luz de Navidad!, me dijiste mientras esperabas tu tete de la mañana. ¡Sí, mira mami, ya la luz de la calle está como en Navidad, el aire está como en Navidad, todo!

Comprobé que era cierto. Desde hacía unos días al avanzarse el alba había notado que al gris total le había sucedido uno combinado y matizado de un blanco hiriente y afilado cual cuchillo de luna, de esa que a veces hemos visto colgarse de una rama del árbol que nos observa desde lo alto del abandonado edificio del frente. Van Gogh había regresado en secreto para pintar para nosotras el cielo de Roterdam.

Querida hija:

¡Cómo es de hermoso y conmovedor verte parada frente a la cuna de tu hermanito, vigilar su sueño, cantarle, arrullarle, "acariñarlo" por largos minutos con tus manitos y con tu voz! Y tú, Alejandro, saludas tus dos meses con una sinfonía de risas que me despierta sorprendida, risa calmada, de desenfado, que escucho resonar en el recuerdo del futuro.

¿Dónde has ido a nutrirte de esa vitalidad, de esa energía contagiosa que te acompaña y renace cada vez que ves y escuchas a tu hermanita, cada vez que te acarician su mano tierna o su melodiosa voz?

Hijos míos, cada día los redescubro, los reconozco, los reinvento en mi amor, cuando al calor de mi cuerpo sueñan sus sueños de niños grandes, se emborrachan de deseos satisfechos; cuando, bajo mi mirada y mi gesto, se prolongan en mi espacio y en mi tiempo.

Querida Melina, princesita mía, no vayas a pensar que te tengo olvidada. Un día, cuando estas notas tengan sentido para ti te darás cuenta de que mi amor por ti se estira con tu estatura, mi agujita que andas cosiendo, surciendo y remendando por aquí y por allá, bordando leyendas "de la época en que se escribía con pluma de cóndor", tejiendo canciones de amor y ternura que se prolongan en delgados hilos para "acariñar" a tu Guidomi, que no es otro que Alejandro, tu Guidomi de ensueños, "flutándole" al oído, papaggena inadvertida, la magia de tu voz y tus palabras.

Mi Melina:

Recién hoy al verte, tu carita luminosa, tu cuerpito salir de entre las sábanas primero un bracito, luego el otro cual larva que quiere ser mariposa mas por pereza en su desafío a la vida va lenta transformándose; recién hoy, al verte cantarina y silenciosa, independiente y regalona, orgullosa y humilde, recién hoy me he dado cuenta que tus tres años se han ido escurriendo prolongándose a lo largo de los logros de Alejandro, siete meses de despertar sigiloso y fecundo al universo de los elegidos.

Recién hoy me he dado cuenta hija mía, cómo cambia la vida ser hermana, cómo cambia la vida ser mamá. El verbo esperar empieza a hincharse con levadura diaria ante lo imposible de que se repita el milagro de la multiplicación, no de los panes, no de los peces sino de la fuente de vida. Y es a los más desvalidos de ganar el partido lo que hace que convertirse en mamá, convertirse en hermana sea tan transformador.

Desde que tú naciste mi tiempo ya no es mi tiempo y ya casi no encuentro el tiempo para que mi tiempo y el del papi se encuentren en el tiempo. Nos paseamos en el mismo espacio, compartimos el tiempo pero es tu tiempo.

¿Y nosotros, el papi y yo? ¿Dónde han quedado nuestros largos paseos *en amoureux* por el sencillo placer de estar juntos, de amarnos, de ser felices, de explotar en deseos de seguir amándonos? ¿Dónde nuestras salidas de la mano a saludar al viento, a reinventar la historia, a deleitar nuestros sentidos y nuestros paladares, a brindar por la vida y el futuro?, y por ti, porque sabíamos que en nuestro futuro estabas tú.

Afortunadamente cuando se ama se sigue paseando por los caminos de los sueños más allá de los áridos caminos de la vida y es por ello que incluso en la multitud o la soledad sigo paseando contigo *en amoureux*.

Ahora tú te preguntas, "¿por qué es con el papi solo y no con la mami y el papi como antes, que tengo que ir al la escuela?" Y el hermoso sol de amanecer que se cuela entre las moradas nubes que adornan el cielo de Roterdam y tus serias conversaciones de niña-mujer que algún día también será madre, con el papi, te dan la respuesta; y llegas a tu escuelita y tomando entre tus regordetitas manos -último vestigio de la apariencia de luna llena de tus tres años- las gruesas crayolas, dibujas con inmensa ternura a tu hermanito, su cabecita saliendo de entre las sábanas del canasto de mimbre que le sirve de cuna cargador, y toda la familia dándole atenciones y amor.

El día se prolonga en la noche que no te llega y te resistes a dormir, a dejar por un lapso de tiempo de aprehender la vida a la que despiertas aunque sea sólo por el tiempo necesario a prepararte para beber más y más emociones, para descubrir más y más caminos y senderos, para saciar más y más inquietudes y aspiraciones, manos y ojitos que se pierden en sueños profundos y lejanos cuando contemplas, al momento de la dormida, el plato de porcelana china que adorna la pared de tu pieza o el afiche de Mafalda y sus amigos en ronda de sueños y risas abrazando al mundo.

Es importante tener pequeñas conversaciones con su niño, cuéntele historias, cántele, el sentido del ritmo es esencial, deja caer el libro en una de sus hojas, pero en estos menesteres no tenemos que seguir sus consejos, somos expertas. ¿Te acuerdas del trencito que perdió la memoria para recobrarla gracias a sus amigos? ¿Te acuerdas de Sebastián el gusanito que enseñó a sus compañeros de escuela, y a su maestra, que soñar era ganar y no perder el tiempo? ¿Te acuerdas de Mariposita-mariposita que estuvo al origen de Rosita, la traviesa abejita que recibía las retadas en tu lugar? ¿Y las historias del país de los troles que dieron origen a Buliba y su prado rosado y todas las personas que allí habitan riendo cuando hay que llorar, descansando cuando hay que despertarse, manejando cuando hay que parar? ¿Y recuerdas el lápiz que no lograba acostumbrarse al frío de tan lejano y distinto país, o la nubecita que aprendió a contar cantando en inglés one little two, little three, little indians... o en español dos y dos son cuatro, cuatro y dos son seis... o en holandés een, twee, drie, vier huisje van papier; que aprendió a cantar con el canto de los pájaros y el viento; que aprendió a bailar sobre el puente de Avignon haciendo rondas en todos los idiomas porque ella era "Melina de todos los países?"

Mi Melina de todos los países que comienzas a inquietarme con tus dudas y certezas, y hoy, cuando me vuelco sobre el libro encuentro la nada, encuentro el desierto y me desconcierto al no encontrar respuesta que satisfaga tu curiosidad y calme tu angustia.

¿Por qué, mi amor, cuando tus alas se extienden al universo y se abren a la vida te preocupas por la vejez y por la muerte? "¿Por qué la abuelita tiene rayitas en la cara? Yo no quiero tener rayitas en la cara, ¡yo no quiero ponerme viejita, yo no quiero morir!"

En un desgarrador intento de calmarte tu Tita te abrazó y te dijo que tú no morirías, que serías la semilla de la que brotarían nuevas ramas de vida. Pero entonces, desde la triste profundidad de tu lógica infantil le lanzaste vigorosa que tú tampoco querías que te encerraran bajo tierra como una planta. Porque ya te sabías única y no querías ser la repetición de la vida y no tienes que serlo, y no lo serás, querida Melina.

Querida Melina, querido Alejandro:

Estamos en la ciudad donde en antaño se acogió a los papas y donde desde tiempos más cercanos se acoge verano tras verano a los hacedores de la magia y de la vida, a los hacedores de teatro. Aquí tú y Alejandro han tenido sol, calor y más tiempo para ustedes. Y se han impregnado del olor a lavanda, tu *vanda*, Melina.

Aquí me he dado cuenta que mi hija vive en holandés y sobrevive en español. Su vocecita cual pajarito migratorio y errante muda de un conjunto de sonidos a otro pintada por los colores del sentimiento y el ánimo. Juego a que juego, soy, me transformo: grito, rectitud, monolito.

En español mi hija sueña, mi hija añora, mi hija espera. Y en francés se pasea por la hermosura de París, vuela hacia la torre Eiffel, se cuela por Notre Dame, recorre de la mano de su hermano las callejuelas que atraviesan el barrio latino de norte a sur y de este a oeste, y parten felices del kilómetro uno hacia el infinito soñando sueños prestados.

En francés mi hija triunfa esplendorosa junto al arco para encerrar en sus ojos la belleza de la ciudad más hermosa del país donde todo respira historia y vida.

Querida Melina:

¡Qué felicidad tu felicidad de hoy! Nuestro árbol, el de la cocina, cobija lágrimas verdiorosoriverdes; se escurrrió el tiempo, se escurrió el viento y se estiló tu cuerpito, el tuyo y el de Alejandro, y ganó en luz tu carita y tu mirada y aún no regreso de mi asombro de verte, de verlos, crearlos y recrearlos hechos una realidad relámpago.

Hoy has cumplido un año, Alejandro, y eres fuerte, sano, despierto a los sueños, tierno a la caricia, maravilloso en tu sed de aventuras y tu enfrentarte a la vida y sus secretos. Te veo tierno y regalón al dar y buscar cariño cual volantín que ondea y ondea al viento antes de sentirse seguro en su vaivén para poder luego dejarse acariciar y mecer en sus sueños de libertad sabiendo que el hilo que lo ata es al mismo tiempo frágil pero seguro.

Te quiero siempre así, Alejandro, tercio de mi vidamor.

Querida Melina:

Muchos años han pasado, años de amor, desde que estás a mi lado y eres, desde que estás a nuestro lado, desde que estamos juntos el papi, tú, tu hermanito y yo.

Muchos años han pasado, años de amor han pasado desde que esperamos....

Muchos años han pasado desde que comencé estas notas para el ser que serías, para el ser que ya estás siendo. Y el tiempo pasa, la emoción se aleja de la idea y ésta se resiste a tomar cuerpo, y hay que tratar de vencer la resistencia y contra todo fijarla para que no se escape como se escaparon nuestros sueños detrás de los pajaritos de la leyenda.

Muchos años han pasado, muchos caminos se han abierto, muchos sueños hemos soñado juntas, y junto al papi y a Alejandro. Y sigues oliendo a vanda y a limón y sigues soñando con el tesoro y con el Yeti, y con nuestra casa sólo para nosotros, y con...

Y cuando, con la firme convicción que te caracteriza, me aseguraste el otro día que nunca terminaría este libro porque nuestras conversaciones nunca terminarían me llené de orgullo y sentí como si el corazón se me derritiera y se me escurriera por los poros dejando mi cuerpo vacío de vida pero insuflado del vacío y la felicidad que se sienten después del amor.

Tienes razón, querida Melina. Cuando empecé a escribir estas notas quería dejarle al ser que serías mi enorme amor por ti, quería que supieras que aunque nunca pensé mucho en lo que debía ser una madre, desde que te creamos en sueño, desde que te hicimos con amor, desde que te esperamos con impaciencia y ternura, desde que acompañamos tus juegos con las risas del guatón no ha habido nada más importante en nuestras vidas ni nada que nos haya hecho luchar con más ahínco para lograr alcanzar los pajarillos de la leyenda que el sentir el cristalino cascabeleo de sus risas, tu mirada profunda, los arrumacos tiernos de Alejandro.

Y como te lo dije al comienzo, fue el amor quien me enseñó a llamarte nuestra y de ser mi bebé pasaste a ser nuestra Melina, Melina de todos los países, Melina a quien queremos tanto.

Y otra vez el papi tuvo razón cuando al ofrendarme su mundo, sus sueños y su amor envueltos en lápiz lázuli venido de las entrañas de la tierra me conjuró a ser feliz. Y hoy, los dos juntos, te entregamos a ti nuestro mundo, nuestros sueños y nuestro amor para que se alimente el ser que serás.

Y aunque no existe una receta para lograr la felicidad que usted pudiera incluir en su libro, *merci, madame Pernoud*, gracias señora Pernoud por su *J'attends un enfant*, por su *J'élève mon enfant*, porque deseando a los nuestros, porque haciendo de amor a los nuestros, porque esperando a los nuestros y viéndolos ser y crecer nuestro amor echó alas y se suspendió en el tiempo y si esto no es la felicidad, bueno, espero Melina, que el ser que serás me despierte un día para decirme mami, he visto pasar los pajaritos preñados de la leyenda acompañados del pájaro azul de la felicidad. Mami, soy feliz, sigamos conversando.

Querida Melina:

Estoy en otro avión y voy sin ti. Es la tercera vez que nos separamos desde que llegamos a este país y aún no te acostumbras a las separaciones; tampoco las perdonas. Ha de ser porque, viajera incansable, las alas de tus talones y tus sienes y tu corazón se agitan desesperadas por perderse en el aire, y jugar entre las nubes e ir a deslizarte en nuestros sueños, en nuestras vidas ya vividas en otras latitudes lo que te hace saltar de celos.

Al llegar a Kansas, un poco perdida y por qué ocultártelo, con miedo como me sucede en todos los grandes y pequeños aeropuertos, desde un rinconcito me guiñó un ojo el Morro. El Morro, el que conocí con mis inocentes ojos de niña de diez años, el que te hice recorrer a los doce meses para que en soleada ceremonia te acogiera, te acunara, te protegiera como a mí, y te ofrendara con alas en los talones, sueño en las sienes y sed en el corazón; y te indicara el camino a la felicidad, a ti, mi Melina de todos los países.

¡Qué complejos somos los seres humanos, hija mía, hijo mío! Estoy sola, sentada en una mesa de un restaurante tomando desayuno; sola no sólo porque nadie me acompaña, podría estar aquí uno de los colegas de la universidad de Kansas y yo aún estaría sola, mi mente flotando, despertándolos a ustedes, rescatándolos de entre Freckles y Terena y Sarah y el bebé Lucas y Cariñosito y el Osito del papá y Snuggles y Manuel y el Payaso triste y los otros ositos y conejos que por ser tantos se han confundido en su propio ser; cantándoles y bailando con el papi para quitarles el sueño de los ojos, trayéndoles el desayuno a la cama para ver si lo que no logran los arrumacos y las distracciones lo logra el estómago.

Estoy y me siento abismalmente sola, desiertamente sola. El papi no está conmigo, ustedes no están conmigo. La de anoche fue una noche fría y sin descanso. En la cama repasaba mis clases para hoy y no lograba fijar mis pensamientos, mi mente partía, abandonaba esa cama fresca y limpia en una habitación para compartir contigo, mi amor, pero tú no estabas para acompañarme, para acomodar centímetro a centímetro de mi cuerpo en cada curva de tu cuerpo buscando la simetría exacta en el placer de estar cerca y ahí.

Pasé toda la noche subiendo y bajando la temperatura artificial del cuarto, mi ojo vigilante de la única puerta protegida por tres cerrojos más una silla que decidí cruzar de lado a lado como medida de protección adicional. Y al sonar el teléfono que debía haberme sacado de profundo sueño ya lo estaba esperando para enfrentarme a un día sin ti, sin ellos y a un nuevo reto.

Afortunadamente aprendí a soñar, lo aprendí contigo y lo aprendí de ti, mi amor. Tú, y mis hijos me empujaron a viajar de sueño, a partir tras un pajarito rojo que cantaba en una curva del camino a las ocho en punto de la mañana de un día miércoles del mes de marzo, ¿te acuerdas Alejandro?; tras vocecitas diminutas que te llaman desde el bosque que rodea nuestra casa para alimentar las historias que hacen explotar la fantasía y la felicidad de tu hermanito menor, ¿recuerdas Melina?

Tú me enseñaste a viajar, a perderme, a partir directo o en tirabuzón hundiéndome en lo más profundo, oscuro y dormido de mi memoria. Antes de conocerte no estaba lista para viajar y perderme en el infinito mundo de los sueños. ¡Cómo me dolía la virginidad de la hoja vacía, cómo hería mis ojos el resplandor de esa hoja sin manchas. Cómo hería mis ojos el resplandor de esa hoja sin manchas de la que mis pensamientos no lograban apropiarse. Y llegaste tú y llegaron nuestros hijos, y nuevos ojos para acariciar los sueños, pero entonces fue el tiempo -tu tiempo, Melina, tu tiempo Alejandro- quien dirigió mi vida.

Y dejé reposando mis sueños, escogí, sin arrepentirme, ser mamá, y entregarme de lleno a mi familia; cosas de mujeres, como diría el padre de Dalibá, personajes de otro soñador privilegiado que encontró el mágico camino del sueño en vertiginoso y accidentado viaje de regreso, como accidentada había sido su vida, como en otro lenguaje se habían crecido sus sueños antes de llegarnos.

No, no tenía el tiempo, pero siempre soñaba con capturar el sueño, ese sueño que tú has remecido, hija mía, cuando con tu vocecita dulce y posesiva en un apretado abrazo profetizas orgullosa que nunca terminaré de escribir este libro porque nunca dejaremos de compartir nuestros sueños y secretos.

Hoy, en este avión, que me trae de regreso a casa, he retomado el trabajo decidida a terminar, decidida a entregarte a ti, querida Melina, en estas hojas, todos mis sueños y todo mi amor. "Mami", me interrumpe una vocecita sacándome de este afán por poner el punto final. "¿Sabes qué otra cosa quiero ser cuando sea grande? ¡Quiero ser mamá!"

Ahora estoy convencida de que he llegado al final. Ya no tengo que seguir escribiendo. Ya no tiene más sentido seguir escribiendo para el ser que serás, porque en tu ternura de nueve años, hija mía, ya eres, y te adoro.

Tu mami

Ediciones Nuevo Espacio
http://www.editorial-ene.com
ednuevoespacio@aol.com